AF210684

KALLIOSINISIIPI

FSC
www.fsc.org

MIX

Paperi vastuul -
lisista lähteistä
Paper from
responsible sources

FSC® C105338

© 2019 k-h kokkonen

Kustantaja: BoD – Books on Demand, Helsinki, Suomi

Valmistaja: BoD – Books on Demand, Norderstedt, Saksa

ISBN: 978-951-56-8435-6

hyvä esimerkki siitä kuinka hyvin itseään
voi huijata.

kirjoitettu 2016-2017

Tammikuu / 28
Tämä on vain tyhmä yritys pysyä hengissä.
Ja se jos mikä on hankalaa.

Tammikuu / 30
Täytyi jopa sysätä omat, henkilökohtaiset
kipuiluni kauemmas jotta voin kauhistella
nykymaailman tilannetta. Vuosi 2017, ja
meininki tällainen? Tätäkö tragediaa varten
ihmiskunta on vuosituhansien ajan selviyty-
nyt hengissä? Mahtaisivatkohan esivanhem-
pamme iloita, jos näkisivät meidät ja maail-
man nyt?

Sanat eivät riitä kuvailemaan kuinka ah-
distuneeksi ja pahoinvoivaksi tämä kaikki
minut tekee. Tahtoisin uskoa parempaan,
mutta entä jos en vain jaksa? En jaksa yh-
tään mitään, tahdon jäädä peiton alle itke-
mään ja itkeä ikuisesti. Vaikka minä saisin
oman, sisäisen maailmani korjattua, niin
kannattaako sitä taistelua käydä vain jotta
pääsisi näkemään suuren, julman maailman?

Voi vittu kun mä en tiedä. En tiedä, en
tiedä, en tiedä, raahaudun sinne peiton alle
itkemään ennenkuin teen jotain typerää.

Huomio tulevaisuuden varalle: viha on
hyvä herättäjä, mutta ei sekään korjaa kaik-
kea. Rakkaus on se korjaaja, mutta kaikki on
jo mennyttä..

Tammikuu / 31
Olen hereillä, mutta en hyvinvoiva. Elämän
meteli on liikaa.

Televisiossa näytetään menetyksiä, mutta kuitenkin onnellisia loppuja. Sivusilmällä seuraan kaikkea mitä ympärilläni tapahtuu, mutta oikeasti olen tyhjilläni. Tilannetta ei nyt ainakaan paranna se, että huudatan surullista musiikkia aivan täysillä kuulokkeistani ja eristän itseni kaikista.

Ihan oikeasti minä, miksi teet tämän itsellesi?

Helmikuu / 4

On ollut niin pimeää. Ihan pilkkopimeää, niin pimeää että siihen tukehtuu. Pimeys vain luikerteli elämään ja kaikki musteni. Riksräkspokspoks, hyvästi kaikki.

Kai se oli myös oma vikani, vaikka hänhän se minut jätti. Mutta ei hän pelkästään minua jättänyt, vaan koko maailman! Tahtoisin edelleen oksentaa, mutta ei paha olo sisimmästäni siten poistu. Ihan tarpeeksi pitkään henkeä on jo ahdistanut, enkö voisi jo unohtaa? Hän oli tärkeä, hän ON tärkeä, mutta hän on myös poissa. Ikiajoiksi poissa, eikä kenellekään voi hiiskahtaakaan..

Minä en kadu mitään, mutten myöskään voi jatkaa elämääni näin. Tai jos jatkan, niin tätä elämää ei kohta enää ole. Kaikki olisi niin helposti ohi.. Onkohan kuoleman jälkeen elämää, tapaisimmekohan me toisemme uudelleen? En minä usko Siihen Ainoaan Oikeaan, mutta minulla ja hänellä oli jotain erityistä. Sellaista erityisyyttä ei enää toiste koeta, mutta ehkä jotain muuta voisi tapahtua?

Tekisi mieli lyödä itseäni ja repiä hiukseni, hakata päätä seinään pitkään ja hartaasti. Miten minä saatan puhua näin, vaikka Siitä Pahuudesta on vain 39 päivää aikaa? Eikö leskillä olleet ennen pitkät suruajat? Mutta minä en ole mikään vanha leski, minä en osaa käsitellä näin suurta surua, minä helvetti soikoon kuolen tähän.

Täytyy unohtaa tämä, sillä en minä vielä tahdo kuolla, tai kyllä oikeastaan tahdon, mutta eihän nuorena ja yksinäisenä saa kuolla? Täytyy unohtaa miksi suren, täytyy sanoa hyvästit, täytyy luoda kulissit ja esittää kaiken olevan hyvin. Täytyy, täytyy, täytyy löytää jotain muuta sisältöä elämälleen! Liian toiveikasta tekstiä näin aamuöisin.

Helmikuu / 7

Syvissä vesissä tyhmiä tekoja.
Olen pahoillani.

Helmikuu / 15

Jouduin jälki-istuntoon tehtävien laiminlyönnin takia. Ei mikään ihmekään, koska minä en vain jaksa. Olen kyllä yrittänyt jatkaa elämääni mahdollisimman normaalisti, mutta tässä tulee raja. Minä jaksan suunnitella tarkkaan millaisia kuvia haluan julkaista Instagramissa ja jaksan järjestää levyhyllyni yhä uudestaan. Jaksan lukea, vaikken sitäkään kautta pääse kunnolla pakoon ajatuksiani. Jaksan tehdä sellaisia asioita, jotka eivät ole arkisia.

Onnekseni kotona on nyt kiireistä. Äiti on aina töissä ja isä hyväksyi selitykseni nuoruuden kokeilunhalusta jälki-istunnon syynä. Kukaan ei siis tiedä (halustani kuolla).

Helmikuu / 18

"Tänään minä kävin yhteisellä lempipaikallamme. Se vaati suurta ponnistusta, niin henkisesti kuin matkanteon osaltakin. Mutta ehkä se oli sen arvoista, koska sillä matkalla minä piilotin laatikkosi. Se on nyt poissa, se laatikko täynnä yhteisiä muistojamme. Älä käsitä tätä väärin, minä rakastan sinua edelleen, minä rakastan sinua niin että sattuu, mutta en jaksa näin. Pieni toivonkipinä on alkanut elää kaiken pimeyden keskellä, en anna sinunkaan sammuttaa sitä ./ Suoraan sanottuna teit ihan hemmetin typerästi. Onko nyt hyvä olla, onko nyt hyvä olla kun sydämesi ei enää lyö ja jätit minut tänne yksin? Luuletko, että voisin kokea kenenkään muun kanssa enää samoin kuin kanssasi? Meillä oli oma maailmamme, jota muut tuskin voivat ymmärtää. Se kirjaimellisesti oli, sillä sinä veit sen pois mukanasi ./ Minä en halua surra sinua, sillä suremalla en saa sinua takaisin. Minä en tahto muistaa sinusta muuta kuin sen loputtoman rakkauden jota tunsin sinua kohtaan. Tulevaisuudessa

muistan yhteisistä ajoistamme vain niin lei-
mahtavan salaisen rakkauden, jonka ansi-
osta kaikki unohtui. / Ihme kyllä elämä jat-
kuu. Minä jatkan elämääni, vaikket enää
olekaan täällä. Mutta minä en voi enää
paeta maailman pahuutta ja yksinäisyyttäsi
kanssasi, en voi paeta tätä kaikkea ollen-
kaan. Olen yrittänyt hukkua kirjoihin, paeta
tätä jo valmiiksi. Tammikuussa hukuin kulis-
seihin, eihän kukaan saisi aavistaa mitään
näistä asioista, joista heille ei koskaan ker-
rottu. Vaikka kaikki näytti normaalilta, si-
säinen pimeys oli tukahduttava. Minä olen
ihan tyhjä, pelkkä kuori vaan. Altis kaikelle
pahalle. Tunkkainen, ahdistava yksinäisyys
ja epätoivo ovat palanneet. Sinä veit myös
suuren osan minusta mukanasi. / Minuakaan
ei enää ole, ei häntä jonka tunsit. Se tyttö on
jo kuollut, minun täytyy yrittää olla joku toi-
nen. Ja jonakin toisena en muistele haamu-
poikaystäviä. Hyvästi T, minä lähden etsi-
mään uusia kiinnekohtia etten aivan huk-
kuisi. Älä enää juokse unissani".

Helmikuu / 25
Monet uskovat, että kuussa on jotain
tainomaista. Ovathan lukuiset sukupolvet
rytmittäneet elämäänsä sen mukaan, joten
tuskin kuun voimat ovat ihan tuulesta tem-
mattuja.

Oli miten oli, nyt on uusikuu, aika jättää
menneet taakseen ja aloittaa jotain uutta.

Olen alkanut jo löytää uusia palasia itsestäni. Pimeys ei kuitenkaan vielä ole hellittänyt, se on vain muuttanut muotoaan harmaaksi kohinaksi. Aina läsnä, yhtä hajottavaa kuin ennenkin. Hyvin ei siis mene, mutta ulkopuolisen silmin kaikki olisi varmaan ihan normaalisti. Eihän kukaan alunperinkään tiennyt mistään mitään. Unohdankohan kaiken jos isken pääni tarpeeksi kovaa tuohon pöydänkulmaan? Se saattaisi olla liian sotkuista puuhaa. Mutta miten eksästä pääsee yli on aika yleinen kysymys. Autolla, joku vastaisi vitsikkäästi, mutta joku oikeasti nokkela vastaisi näin: uudella ihastumisella. Kevätkin on tulossa, täytyy ehkä avata silmäni..

Paranemisiin, niin sitä voisi tässä vaiheessa kai sanoa.

Maaliskuu / 9
Aurinko on alkanut loistaa Pohjolassa oikein toden teolla, mutta sitähän minä en halua ikuistaa. Olen mieltynyt talven pimeyteen ja lumikinoksiin. Ehkä tämä kertoo paljon minusta ja siitä miksi asiat ovat kuten ovat. Hemmetti, teenkö minä tämän tahallani?

Ehkä täytyisi antaa auringolle mahdollisuus ja ryhtyä tanssimaan.

Maaliskuu / 17
Hyvää iltaa, tämän kirjoittaja on liian tunteellinen ihminen. Yhteen päivään mahtuu

niin paljon kaikkea, tunnit voivat tuntua päi-
viltä ja saan tehtyä paljon kaikkea. Tästä
syystä kaikki on parempaa ja samalla pa-
hempaa: ahdistus tuntuu ikuiselta, mutta niin
myös ilo. Joku sanoisi minua hätiköiväksi,
joku toinen taas laittaisi tämän murrosiän
piikkiin. Yhden päivän aikana voin tuntea
monia tunnemyrskyjä ja nousuja ja laskuja,
sellainen kai on luontoni.
Tänään "luontoni" kuitenkin satuttaa. Pitkän
aikaa olen ollut kuin kohmeessa, mikä lupa
minulla on nyt iloita? Ja sitten vielä tärke-
ämpi kysymys: mikä lupa minulla on pilata
kaikki kun asiat ovat vihdoin menossa pa-
rempaan suuntaan? Tai miksi edes iloitsen?
Eihän minulla ole mitään syytä hymyillä.
    Tai ehkä onkin, opettaja kehui kirjoituk-
siani kovin. Kuulemma minun kannattaisi
osallistua yhteen nuorten kirjoituskilpailuun.
Houkutteleva ajatus, mutta ei siitä mitään
taida tulla. Kirjoittaminen on rakkauteni,
mutta se on jäänyt hiukan taka-alalle. On ol-
lut niin paljon kaikkea, että en vain yksin-
kertaisesti ole jaksanut. Olisihan ideoita,
mutta oman pääni ongelmat vievät kaiken
aikani. Täytyy katsoa miten tämä tästä lut-
viutuu, mutta liikoja ei kannata alkaa toivo-
maan.

Maaliskuu / 18

Mitä tehdä kun elämä ahdistaa? Silloin täy-
tyy tietenkin lukittautua huoneeseensa kat-
somaan Skamia. Se sarja on loistava!

Ensimmäistä kautta katsoin ihan vain pelkästä uteliaisuudesta: Onko toisten nuorten elämä tuollaista? Siinä oli hyvä huomata kuinka eristäytynyt olenkaan, erinäisten syiden takia. Ja olihan ensimmäisellä kaudella suloinen Isak, ja ylipäätänsäkin se tyttöporukka oli kultaa. Toinen kausi oli myös iloa silmälle Nooran takia. Ja tarjosihan se paljon ajattelemisen aihetta!

Kolmas kausi oli kuitenkin tajunnanräjäyttävä. Pieni, ilkeä Isak onkin yhtäkkiä epävarma ja ihan hemmetin tyylikäs homo? Kyllä kiitos! Even oli puolestaan kaikin puolin ristiriitainen. En oikein tiedä miten häneen pitäisi suhtautua.. Mielestäni hänen mt-ongelmansa ainakin vaikutti liian "helpolta", sillä asia ei todellakaan ole noin yksinkertainen. Pusu ei paranna bipolaarisuuttasi.

No oli miten oli, aivoni surraavat nyt yliteholla. Pidetään hiljainen hetki Skamin neroudelle?

Maaliskuu / 20

Huudanko nyt vai heti?

Hän on hyvännäköinen kaikessa huolimattomuudessaan, hänellä on mielenkiintoinen tarina ja hän on kaikinpuolin täydellinen.

Sehän kävi nopeasti, mutta minkäs minä mahdan itselleni, kun vastaan kävelee surullisen indiepojan rosoinen perikuva? Äääääää..

Maaliskuu / 26
Onko tämä vain tyttöjen valheita?
Outoa, ulkonakin sataa rakeita.
Yksin täällä pakahdun,
sinuun kun ihastun.

Maaliskuu / 29
Viimeaikoihin on mahtunut miljoonaviisisataa innostunutta havaintoa kaikesta ja kaikista. Ja hän hän hän! Niin ihana hän! Ja niin kaukainen hän! Ok, täytyy lopettaa tämän päiväkirjan pitäminen toistaiseksi. En todellakaan haluaisi lukea sitä mitä kirjoitan nyt. Tästä ei tulisi muuta kuin suoraa huutoa, sillä ihastumiseni on saavuttanut ennennäkemättömän tason. Ihan oikeasti, minä vain juoksen paikasta toiseen ja rääyn. Ei kovin viehättävää! Nyt heitän tämän opuksen kaapin perälle ja katson milloin se taas etsiytyy käteeni..
Ps. Hänen nimensä on Huurre. Eikö kuulostakin ihanalta?

Huhtikuu / 20
Tässä ei ole enää mitään järkeä, ei missään ole enää mitään järkeä. Minä en edes pidä perhosista, mutta silti nimesin tämän tekstin sellaisen mukaan. Hakkaisinko päätäni seinään nyt vai heti?
Ehkä oli virhe laittaa Radiohead soimaan. Se olisi sitten hengailua hermoro-

mahduksen kanssa luvassa, vaikka en edes tiedä miten tilanne näin yhtäkkisesti riistäytyi taas käsistä. Tiedättekö, kun alussa kaikki on hyvin ja hymyilyttää, mutta sitten tapahtuu jotain. Havahtuu, hiljenee, törmää seinään. Ne eivät ole hyvät päivänjatkot sitten, tai yöhän nyt ainakin oikeastaan on. Minä todella vihaan näitä yksinäisiä öitä, jolloin ajattelen kaikkea ihan liikaa. Ja näitä on aivan liian usein, arkisin sentään on pakko olla jonkinlaista rytmiä, mutta viikonloput ovat mahdottomia. Kyllähän minä tiedän, ettei tämä kannata, saisin enemmän aikaan elämälläni jos hankkisin normaalin unirytmin. Minä voisin vaikka kirjoittaa joskus jotain järkevää, jotain muutakin kuin tällaisia turhia ulinoita. Mutta ainahan ne kaikki opukset käskevät kirjoittamaan asioista, joista tietää paljon. Mistä minä muka mitään tietäisin? Yksinäisyydestä, ahdistuksesta, siitä ihanasta pörröhiuksisesta pojasta? Oi, Huurre on ihana. Mutta miksi mainitsin hänet, miksi teen tämän itselleni? Niitä sotkuisia hiuksia ja eksyneitä silmiä voisi ylistää ikuisesti, mutta en tahtoisi hajota enää yhtään enempää.

Tai kyllähän minä haluan hajota, minä oikein kerjään hajoamista. Leikin, etten ajattele häntä, mutta kuitenkin hän on jotenkin aina mielessäni. Ei tässä ole kulunut kuin pari viikkoa, ja minä olen jo onnistunut kehittämään suurenkin luokan pakkomielteen hänestä. Hän vain on täydellinen! Toisaalta niin paha olla, kun vain erehdynkin ajattelemaan häntä.. Se edellinenkään asia ei päättynyt hyvin, miksi riskeeraisin pienen sydämeni uudelleen? Jatkan musiikkiseikkailujani, sillä eihän tästä nyt mitään tule.

Huhtikuu / 25

Tuleeko mistään muustakaan koskaan mitään? Minä vain tanssahtelen ympäriinsä ja näpertelen villapaitoja. Minä ihan todella kaipaan kirjoittamista, miksen siis koskaan enää kirjoita edes päiväkirjaani? Minä vain pelaan typeriä pelejä ja katson typeriä ohjelmia yrittäen saada aivoni narikkaan. Ei minun pitäisi ryhtyä tyhjäpäiseksi, minun pitäisi yrittää ajatella asioita! Maailma on kaunis mutta paha paikka, minä voisin yrittää muuttaa asioita hiukan paremmiksi. Minä todella voisin tehdä jotain pientä mutta merkittävää, mutta mitä minä nyt teenkään? Välttelen kaikkia ja kaikkea.

Ehkä minun pitää ottaa tämä henkisenä harjoituksena, itsetutkisteluna. Kirjoittamisella sanotaan olevan terapeuttisia vaikutuksia ja terapiaa minä todella tarvitsisin. Sen erään lääkärikäynnin jälkeen minä en todellakaan halua minnekään hoitoon hakeutua, menetin toivoni ammattiavun suhteen.

Niin niin, kierreltyäni hetken aikaa pääsen päivän puheenaiheeseen: Huurre. Kai jo

mainitsin hänen olevan ihana? Polveni va-
lahtavat veteliksi aina, kun hän on näköpii-
rissäni. Ulkonäkö on minun silmiini 6/5,
mutta tiedän että hänessä on jotain muuta-
kin. Olen minä hänelle kerran puhunutkin,
silloin marraskuussa. Törmäsimme toi-
siimme ja jäimme juttelemaan. Minulla oli
tietenkin niihin aikoihin toinen herra mie-
lessä, mutta hän oli kiva. Oikein kiva!
Ja tämä huurteinen poikamme on usein
myös yksin. Surullista, mutta hänen olemuk-
sessaan vain on jotain niin rikkinäistä ja mi-
nuun vetoavaa!

Huhtikuu / 28
Hauki on kala, hauki on kala, eilen karkasin
stalkkaamaan Huurteen sosiaalisia medioita.
Ei mitään uutta sillä rintamalla. Eikä mui-
hinkaan asioihin liittyen. Lujaa menee,
mutta sellaistahan se on romahduksen
edellä. Valitettavasti. No tanssitaan vielä
kun ehditään, It's Friday I'm in love.

Huhtikuu / 29
Yöllä voi aina palata asiaan, eikö niin?
Kirjoittamisen kaipaus on ollut paljon
esillä. Ihme kyllä minulla on elämässäni
muutakin sisältöä kuin puolituttu lukiolai-
nen! Ennen oli paljon muutakin, se toinen
myös. Olen yrittänyt unohtaa, mutta hän on
ja pysyy päässäni. Enää en ehkä kuitenkaan
tahdo kuolla, ehkä siitäkin menetyksestä

selvitään. Tänä yönä selviytyminen tuntuu itsestäänselvyydeltä.

Tämä onkin hyvä yö, muistuttaa harvinaisen paljon niitä aikaisempia. Catfish and the Bottlemen raikaa kuulokkeistani ja minä naputan näppäimistöä. Ehkä jokin joskus todella edistyy, ehkä riittää jos vain kirjoitan omia ajatuksiani. Ehkä, ehkä, kaikki on aina epävarmaa. Niin on minun ja Huurteen tilannekin, jos tässä vaiheessa voi mistään "tilanteesta" puhua. Joku kuiskaa hänen taas katsovan, minä yritän katsoa takaisin tanssiessani käytävällä, mutta en kuitenkaan huomaa hänen huomiotaan ja sitten julistan elämäni olevan ohi.

Miksi ihmeessä minä teen pienistä asioista näin suuria? Miksen minä vain voisi hymyillä hänelle ja katsoa mihin se johtaa? Tai miksen minä vain voisi unohtaa koko jätkän ja keskittyä laulamaan lempikappaleitani? "I wanted everything at once / Until you blew me out my mind. / Now I don't need nothing!"

...Pitäisikö tähän muka vielä pystyä lisäämään jotain?

Toukokuu / 5

Romahdus, paluu vanhoihin tottumuksiin. Ei helvetti mä en jaksa tätä, tiedän että pitäisi kirjoittaa näitä tuntemuksia ylös ja tehdä kaikkea muutakin, mutta kun en vaan jaksa mitään. Pakko sentään yrittää hymyillä, en

tahdo kenenkään huolestuvan. Mutta Huurre
tyyliin välttelee minua?

Toukokuu / 7
"Epävarmuus"

-

Tuleeko meistä koskaan mitään,
saanko sua joskus kädestä kiinni pitää?
Olenko sulle tyttö mieleinen,
vai onko ajatuksissas se viereinen?

-

Epävarmuus minua jäytää,
toivottavasti voin pian toden löytää..

Toukokuu / 8
Aika kuluu, aika kuluu. Asiat ovat hiukan
paremmin, Tuulia vain tuntuu aavistavan jo-
tain. Jatkan tanssimistani, tällä viikolla on
Jessican bileet. Kuulemma pakko mennä,
tahtoisin kyllä vain jäädä kotiin. Olen sen-
tään saanut kirjoittamisen syrjästä kiinni,
rakkausrunojapa tietenkin. Jos pitäisi sanoa
jotain kivaa tästä yksipuolisesta ja riudutta-
vasta ihastumisesta, voisin todeta sen olevan
hyvin inspiroivaa, eipä tänään kai muuta.

Kesäkuu / 5
Okei, mistäköhän minä tämän tarinan alkai-
sin... Ainakin täytyy mainita, että olen repi-
nyt tästä paljon sivuja irti aiemmilta kuukau-
silta, en tahdo itsekään muistella kuinka
epätoivoinen olen ollut. Ja kiirettäkin on

piisannut, sillä minä ja Huurre seuruste-
lemme...

Niin, tahtoisin edelleen huutaa tätä kir-
joittaessa! Apua, ihan totta tämä on. Perjan-
taina bileet, hän juttelee minulle ja antaa pu-
helinnumeronsa. Laitan lauantaina viestiä,
hän tulee käymään, jakaa minulle henkilö-
kohtaisia mietteitään ja minä lähes kuolaan
hänen olkapäälleen. Sunnuntaina kertoo pi-
tävänsä minusta mitä ihanimmalla musiikki-
viittauksin varustetulla viestillä!!!!!!! Maa-
nantaina tyyliin ripustaudun hänen kau-
laansa. Siitä alkoi pikkuhiljainen tutustumis-
prosessi, mikä nyt oli aika arkista kun ottaa
huomioon, että paljastimme toisillemme ne
synkimmät salaisuutemme heti lauantaina.
Kuulostaa nyt kyllä vähän väärältä mutta
kuitenkin... Sitten todistukset kouraan ja
käsi kädessä lomalle!

Voi hemmetti, en voi edes kunnolla kir-
joittaa tätä. Tärisen ja kiemurtelen pelkästä
ihastumisesta täällä näin niin, että hankala
keskittyä yhtään mihinkään. Olisi varmaan
tämäkin jäänyt kirjoittamatta, mutta on taas
yksi hyvällä tavalla uneton yö ja yritän käyt-
tää aikani hyödyllisesti. Ihastuminen on
muuttanut kaikkea valtavasti. Olihan se en-
nenkin piinallista, mutta nyt minä en oike-
asti osaa pysyä paikoillani kun Huurre on lä-
hellä. Hän on minun, minun, minun! Tahtoi-
sin vain olla ihan hänessä kiinni aina!

Itken edelleen muistellessani kaikkea. Niitä lauantain tunnustuksia ja huteria ensiaskelia. Sain toteuttaa yhden unelmistani päästessäni pörröttämään hänen hiuksiaan! Asiat etenivät varsin nopeasti kun olimme alkuun päässeet ja aloimme seurustella toukokuun loppuun mennessä. Muut suhtautuivat asiaan hiukan pöllämystyneesti, mutta onneksi vanhempani ainakin hyväksyivät tämän.

Mitä enemmän olen Huurteen seurassa, sitä enemmän minä hänestä pidän. Hän on aivan mahtava ja yllättää minut yhä uudelleen nokkeluudellaan. Kuola vain valuu kun hän on niin ihana ja ujo ja herkkä ja äää. En ehkä pysty hengittämään.

Parempi on minun kuitenkin opetella hengittämään, sillä minä haluan kirjoittaa kaiken. Ihan kaiken, se jätkä on romaanien arvoinen.

Kesäkuu / 7

Nyt minä muistan, miksi nimesin tämän päiväkirjani kalliosinisiiveksi. Minulla oli tapana aina katsella sitä yläkerran perhostaulua, kun tiesin Huurteen olevan vastapäisessä luokassa. Höpsö minä, mutta se oli tärkeää.

Tänään olemme löytäneet ensimmäiset perhosemme. Ne lensivät iltapäivällä rannalle päin siivet hennosti läpsytellen. En minä tiedä mikäköhän niiden nimi mahtoi olla, mutta kauniita ne olivat. Kuten myös seurani sinä päivänä!

Huurre on saanut kesätyöpaikan ja aloittaa hommat juhannuksen jälkeen. Hän pääsi kauppaan ja on siellä kuusi tuntia päivässä. Mitäköhän ihmettä minä teen ilman häntä? Naurattaa kyllä nyt hiukan tämä hätäännykseni, eihän kuusi tuntia paha ole! Ja kuulemma voin olla hänen luonaan silloinkin kun hän on poissa, ihana Huurre! Onhan tämä työ hänelle muutenkin tärkeää, niin hän saa hiukan omaa rahaa ja vapautta vanhempiensa avusta. Tiedänhän minä miten tärkeää vapaus hänelle on.

Kyllä vanhempianikin hiukan naurattaa se, kuinka emme voi olla hetkeäkään erossa toisistamme. Kaikki päivät yhdessä ja aina niin rakastuneen näköisinä.

Alkuhuumaahan tämä on. Niin ihanaa, mutta tarkemmin ajateltuna aika rasittavaa. No ei ajatella nyt tarkemmin! Yöt sentään vietämme erillämme, ihan vain yhteisen edun takia.

Tällä hetkellä entiset ongelmani ovat kuin poispyyhkäistyt. Minulla on seuraa ja rakkautta, muuta en ole toivonutkaan. Olen vain ollut yksinäinen ja ahdistunut ja hiukan sekaisin, mutta toivottavasti ne ajat ovat ohi. Keskustelimme asiasta Huurteen kanssa, hänelläkin menee nyt hiukan paremmin. Tuskin rakkaus voi kaikkea korjata, mutta ainakin se voi hiukan avittaa asioita eteenpäin.

Molemminpuolinen ihastus on aivan mahtava tunne, voisin vaikka käpertyä itkemään onnesta joka kerta, kun hän vain katsookin minuun! Äää-

Kesäkuu / 11

Aamuyö, kuulen jonkun koputtavan ikkunaani. Huurrehan se siellä, kirkkain hymyni nousee heti kasvoilleni. Kampean ikkunan auki ja hän ninjailee itsensä sisälle. Minä nauran haltioituneena ja samalla yritän hyssytellä. Onneksi huoneeni on hiukan erillään muiden huoneista!

- Tuli ikävä, hän sanoo ujona vaatteitaan pudistellen.

Minä vain hymyilen ja halaan häntä lujasti.

Tämä lienee söpöin asia ikinä! Sitten me vain istuimme lattialla ja keskustelimme kaikesta mahdollisesta. Piti ihan keittää teetä ja ottaa kuvia sankaristani. Ihana, ihana Huurre!

Kesäkuu / 12

Huurteen lempiväri on musta, minun vaaleansininen.

Huurteen lempivuodenaika on kevät, minun kesä.

Meidän kummankin lempieläin on kissa.

Huurteen lempilukemista sarjakuvat, minun suomalainen runous.

Huurre ei elokuvista perusta, oma suosikkini on The Dreamers.

Huurteen numero on 4, minun 7

Musiikkilajiksi valikoituu indie rock.
Huurteen lempiruoka lämpimät voileivät (?),
minun kasvislasagne.
Ja lempijuoma on kahvi!
Huurre tahtoisi lomalle Lontooseen, minä
Karjalaan.
Huurteen lempikasvi on ruusu, minun kielo.
Huurteen suosikkisää on sateinen, minun su-
muinen.
Hän haluaa viettää vapaaillan kanssasi mu-
siikkia kuunnellen ja minä tahdon olla hänen
kanssaan ilman musiikkiakin.
Hänen suosikkiasiansa minussa on hymyni,
minä listaisin hänen silmänsä.

Kesäkuu / 15
*"Hei Sara, toivottavasti et nirhaa minua,
kun kirjoitan näin luvatta päiväkirjaasi.
Voin myöntää lukeneeni parin viime kuun
kirjoitukset ja ihan kyynel herahti silmäkul-
mastani. Pidätkö oikeasti minusta niin pal-
jon? Minäkin pidän sinusta hyvin paljon
vaikka minun onkin sitä aika hankala il-
maista. Näytät niin kauniilta kun nukut, mis-
täköhän mahdat uneksia? Minä uneksin si-
nusta, aina."* - Huurre

Kesäkuu / 16
Joko mainitsin Huurteen olevan ihana?
"Minä uneksin sinusta, aina"... Sinä yönä
minä kyllä näin unta hänestä, että ei mikään
ihme jos unissani hymyilinkin.

Kotiporukat eivät ole vielä perillä Huurteen yököyläilystä meillä. Siitä on tullut jo tapa! Eipä minulla ole mitään asiaa vastaan, olen oikeastaan hyvin mielissäni. Yskää saa kun yksin nukkuu, vaan nytpä vältytään sellaiseltakin taudilta. Ja me ihan todella vain nukutaan yhdessä, mitä nyt joskus jutellaan kaikesta maan ja taivaan välillä. Oikeastaan yöt ovat aikaamme, saamme olla rauhassa. Hyvää hiljaisuutta välillämme.

Kirjoitustahti on edelleen hiljainen, kuten päätellä saattaa. On nyt vain niin paljon muuta ja ajatukseni liitelevät pilvissä tuon yhden herrasen takia. Katsoo miten tästä sitten aloittelee jonkin ajan kuluttua.

Kesäkuu / 18

Tänään on syntymäpäiväni. Vasta 15 vuotta mittarissa, monta edessäpäin! Isä oli tehnyt kakun ja kutsui Huurteenkin kahville. Ei muita vieraita mukana, synttärini kun sattuvat osumaan aika lähelle juhannusta. Turhaan sitä muita vaivaisi, varsinkin kun ilmankin pärjää mainiosti.

Huurre oli ostanut minulle parhaan lahjan ikinä! Lisäys kokoelmaani: Peace – In Love. Se onkin ollut viimeaikojen kuunnelluin albumi, sillä tässä taidetaan olla vähän in love (anteeksi huono huumorintajuni..)

Ensimmäinen juhannus, jolloin en lähtenyt mökille perheeni kanssa. Minulla oli omat syyni kieltäytyä, Huurre varmaankin suurin. Sain luvan mennä Huurteen luokse, mihin naseva pikkuveljeni tietenkin kommentoi seuraavaa: "oot ihan tylsä nykyään". Se lause jäi piinaamaan minua enemmän kuin sen olisi pitänytkään. Selailin tätä päiväkirjaani ja voin kyllä sanoa ymmärtäväni, miksi veljeäni ärsyttää. Huurre, Huurre, Huurre. Ei sillä, että hänessä mitään vikaa olisi, päinvastoin, mutta onhan tämä päiväkirjanikin tylsää luettavaa. Mutta mitä elämässäni oli ennen häntä? En tahdo lukea pari kuukautta pidemmälle, en jaksa muistaa ja repiä vanhoja haavoja uudelleen auki. Minä olen kuitenkin aina jotenkin omituisesti elänyt muiden ihmisten kautta, kuka minä sitten olen, mitä minä itse haluan?

Keskustelimme tästä Huurteen kanssa. Hänelle muiden vaikutus omaan persoonaan on hiukan liiankin tuttua, joten sain uusia näkökulmia pohdiskeluuni. Hän sanoi kiinnittäneensä huomiota minuun jo loppusyksyllä. Kuulemma olin aina niin eläväinen, naurusuinen ja omalaatuinen! Ihme kyllä hän piti minusta vielä alkuvuodestakin, kun olin muuttunut suolapatsaaksi.

"Juuri se kätketty ahdistuksesi minulle antoikin toivoa ja sai minut pitämään sinusta vielä enemmän. Iloisella sinulla oli aina

ystäviä ympärillä ja kaikkea riittämiin, su-rullinen sinä olit yksin. Muut vain hylkäsivät sinut silloin, kun osoitit inhimillisyytesi, ja silloin ajattelin, että ehkä minullekin olisi ti-laa elämässäsi.." Liian viisas poikaystäväni aiheuttaa sanoillaan sydämentykytyksiä. Välillä tulee sellainen tunne, että ehkä kaikella on tarkoituksensa. Olenhan nyt on-nellinen, että asiat menivät juuri näin! Nyt vain kadotin sen punaisen langan, ja voisin kertoa hiukan viime päivistä.

Huurteella on kiva pieni vuokrakämppä, täällä ei ole ilkeitä naapureita. Aloimme suunnitella "muistojen seinää", jolla peittäi-simme valkoisen seinän kolhouden. Minä todella nauran, sillä Huurre ei osaa kokata sitten alkuunsakaan! Kuten jo aiemmin mai-nitsinkin, hän on todella viisas. Ihan oike-asti, tuolla jätkällä on niin paljon piileviä kykyjä, että jonain päivänä koko maailma tuntee hänet. Ja kyseinen jätkä on myös poi-kaystäväni, jonka kanssa lähden nyt katsele-maan auringonlaskua. Heip-

Kesäkuu / 30
"Kesäilta"

-

Ties kuinka mones aurinkoinen ilta,
jälleen välkkyy järven pinta.
Koivut tuulessa tanssivat
ja sinä minua nauratat.

-

Yhdessä olemme tässä,
kesäisen kauniissa maailmassa.
On kesäillan mahdollisuudet,
linnunlaulunkin sä kuulet.

Heinäkuu / 3

Yhtäkkiä päivät ovat hiljentyneet uhkaa-
vasti. Huurre töissä, minä heiluttelen jalko-
jani. Viitsisiköhän ryhtyä kyseisen kaupan
vakioasiakkaaksi? Lueskelen kirjoja auringon paistaessa,
mutta sanat lipuvat ohi tajuntani. Maratoo-
naan edelleen Skamia, ja sitten juoksen ym-
päriinsä oman elämäni tyhjyyden takia. Ei
kouluhommia, ei kesätöitä. Plärään levyko-
koelman läpi yhä uudelleen, järjestelen jo
valmiiksi järjestettyjä tavaroitani. Oliko se
tällaistä silloin ennenkin? En tahdo muistaa.
Kirjoittamistakaan ei ole, ei tähän päivä-
kirjaan tai mihinkään muuhunkaan. Kyllä
sormeni edelleen syyhyävät, mutta jostain
syystä vain tökkii. Pitäisi ryhtyä ajattele-
maan omilla aivoillaan, luoda jotain uutta!
Runosuonikaan ei enää pulppua, mutta ehkä
voisin tyytyä järjestelemään kevään kirjoi-
tuksia. Jos niitä joskus sais vaikka julkais-
tuksi, tai ainakin hiukan sisältöä elämäl-
leen...

Heinäkuu / 6

Helleaalto iskenyt, onneksi kotona on hyvä
ilmanvaihto tai miksikä niitä tuuletuslaitteita
sitten kutsutaankaan. Huomaattehan päivän

ilmaisutavan, mutta onko sillä mitään väliä-
kään? Okei, yritän palata aiheeseen, vaikken
edes tiedä mikä se aihe oli...
Maailma ahdistaa, edelleen. Toivoa on,
mutta silti en halua kuulla uutisia. Minä en
ole päivittäin valmis kuulemaan mitä pahaa
maailmalla on taaskin tapahtunut. Asioiden
pakoilu ei ole ehkä tässäkään tapauksessa
paras ratkaisu, mutta sitähän minä onnistu-
neesti harrastan. Ja myös tällainen turhan-
päiväinen jaarittelu on oikein lempipuu-
haani. Paperia vain kulutan ja puita kaade-
taan... Oli miten oli, eniten ei kuitenkaan
enää satuta muualta kantautuvat uutiset vaan
se arkipäivän pahuus. Jotkin asenteet ovat
juurtuneet niin syvälle, että kauhistuttaa.
Äh, en tiedä, mutta ei elämä hyvältä vaikuta.
Turha tässä nyt vielä kuitenkaan on maa-
ilmantuskaan hukkua, Huurre tulee pian
töistä ja lähden hänen luokseen.

Heinäkuu / 8
Tämä vuosi ei ole ollut kirjoittamisen suh-
teen kovin lupaava. Lähinnä vain lukematto-
mia runoja rakkaudesta ja ahdistuksesta, pari
keskeneräistä novellikyhäelmääkin. En osal-
listunut siihen opettajan suosittelemaan kir-
joituskilpailuunkaan.
Kirjoittaminen on kuitenkin minulle to-
della tärkeää. Se lähentelee joskus jopa py-
hää asiaa, joten aivan mitä tahansa ei ihan
passaa kirjoittaa. Tämä päiväkirja lienee

poikkeus sääntöön, itsetutkiskelua kai tämä on, tosin aika turhaa sellaista. Hyödyttääkö tämä minua? En tiedä, ei ainakaan tois- taiseksi.

Minä olen kirjoittanut pienestä pitäen ta- rinoita, mutta nyt tunnun olevan väliajalla asian suhteen. Kai se on ihan hyväkin, olen alkanut tutkia suomalaisen kirjallisuuden klassikoita joutoajallani. Haluan oppia enemmän! Lukiessa vain varmistuu se, etten todellakaan tahdo kirjoittaa mitä tahansa. Olisi kiva jos minuakin joskus kuvailtaisiin termillä yhteiskunnallinen vaikuttaja. Sinne on kuitenkin vielä paljon matkaa, varsinkin nyt kun olen jumiutunut romantiikan ja tun- teiden jaloon maailmaan.

Siinä se koko elämäni ristiriita onkin: mi- nulle yksilö ja ajatukset ovat tärkeitä, mutta suurempaa kuvaakin pitäisi ajatella. Asiat kuitenkin tuntuvat menevän sekaisin ja pää pyörälle. Varsin ahdistava dilemma, jos tar- kemmin ajattelen!

Heinäkuu / 9

Tätähän ei oikeastaan pitäisi kutsua päivä- kirjaksi, kun noinjokatoisenpäivänkirja näyt- tää olevan. Tai mikä uhanalainen kalliosini- siipi nyt onkaan, tästä voisi tehdä heinäkuun tavan. Eletään kuukausi kerrallaan, ja tämä kuukausi vaikuttaa turhalta pälinältä omista ajatuksista.

Löimme Huurteen kanssa viisaat päämme yhteen ja jatkoimme pohdintaa realismin ja romantiikan välimaastosta. Kirjaan nyt ylös keskustelussa ilmentyneitä asioita!

- Ennen kuin alkaa vatvoa yhteiskunnallisia ongelmia, pitää saada omat ongelmat kuntoon. Muuten menee pahemman kerran sekaisin.
- Suuri kuva kannattaa pitää mielessä, mutta pieneläjälle se pienikin riittää. Aina ei ole pakko jaksaa.
- Vaikuttajaksi lähtiessä täytyy olla hyvän pään lisäksi myös suunnitelmia ongelmien varalta.
- Koskaan ei pidä luovuttaa maailman pahuuden tähden. Kaikkeen ei välttämättä voi heti vaikuttaa, mutta jos näkee vääryyttä, niin siihen pitää puuttua silloin mahdollisilla tavoilla.

Nuo ajatukset auttoivat paljon, sillä kaiken pahan keskellä elämä ja omat ongelmat ja ilot alkavat vaikuttaa turhilta. Mikä oikeus minulla on halailla Huurteen kanssa, kun miljoonat näkevät nälkää? Tähän tilanteeseen on vain ajauduttu, joten siitä kannattaa nauttia omalta osaltaan. Ketään ei hyödytä, jos mekin alamme solidaarisuudesta nälkälakkoon. Täytyy yrittää miettiä uusia keinoja vaikuttaa, vaikka sitten tulevaisuudessa jos ei heti!

Heinäkuu / 11
"Silti"

Horoskooppi lupaa säteilevää rakkautta,
mutta minä mietin kaiken lakkautusta.
Odotat minua silti itaisin,
vaikka olen näin sekaisin!
Melkein tätä usko en
ja siksi itseäni nipistelen.

Heinäkuu / 13
"Taika"
-
Meidän täytyy taistella,
suoraan etulinjaan astella.
Laitetaan pyörät pyörimään
vaikkei tiedetä minne ne pyörähtää.
-
Nyt on aika,
tehdään jo se taika!
Meiltä ei ainakaan tahtoa puuttuis:
työllämme maailma paremmaks muuttuis.

Heinäkuu / 15
"Rakkausasiat"
-
Mitä minä rakastankaan?
Villasukkia, kedonkukkia.
Tyylikkäitä tyyppejä,
ja sinun tapaasi kahvia ryyppiä!
-
Noita kurittomia hiuksia
ja epävarmaa olemusta.

Auringonlaskuja, metsäretkiä,
ja sitä kun jaksat minua etsiä!

Heinäkuu / 17
On ollut harvinaisen runollisia aikoja. Ei
noissakaan kyllä ilmennyt mitään uutta, ke-
vään tajunnanvirrasta kumpusivat ja tuntui-
vat vain sopivan noihin päiviin paremmin
kuin koskaan. Se on tavallaan pelottavaa,
kun kirjoittaa jotain ja sitten se muuttuukin
"todeksi". Tai kirjoitus ainakin tavoittaa jo-
tain tärkeää vielä erilaisessa elämäntilan-
teessakin, se on kai onnistuneen tuotoksen
merkki. Ehkä, mitä ihmettä selitän? Olen
vain väsynyt ja kyllästynyt tähän tukahdut-
tavaan lämpöön.

Heinäkuu / 19
Mitäköhän muut kirjoittavat päiväkir-
joihinsa? Huurre ei sellaista pidä, vanhem-
man väen päiväkirjan virkaa toimittaa
yleensä kalenteri. Kai tähän periaatteessa pi-
täisi raapustaa päivän tapahtumista, mutta
onko tylsässä elämässäni mitään kirjoitetta-
vaa? Olen käytännössä katsoen eristäytynyt
muista tutuistani (jos heitä edes on) ja
Huurre on edelleen ihana. Täytyy kai täyttää
tyhjät sivut omituisilla ajatuksillani ja jatkaa
siitä mihin viimeksi jäin..
    Mikäs minua väsyttää? Päivät elän kuin
kohmeessa, linnoittautuneena joko kotiin tai
Huurteen kämpälle. Luen, luen, luen, ja

toistelen vihaavani kesää. On vain liian lämmintä! Minä en tykkää viipotella ihmisten ilmoilla vähissä vaatteissa, kotona on tietysti eri asia, mutta uimaan minua ei saisi millään. Tai ehkä salainen yöuinti olisi kivaa, ja metsäretket, mutta näissä olosuhteissa sanon vain kesälle isosti ei. Siihen väsymykseen palaten, illat keskustelen Huurteen kanssa tai sitten vain katselen häntä. Kyllä siinä herrassa silmä lepää!

Tämä on nyt kuitenkin minun Kalliosinisiipeni, mitäköhän tähän sitten keksisi? Kyllä, mitäänsaamattoman elämäni mullistukset ja ajatukset mainittu, mutta mitä muuta? Jotain piristystä, silmäniloa, minäkin tarvitsen? Tekstissä kuitenkin saadaan luvan pysyä, en jaksa mitään kuvituksia tähän näillä taidoillani värkätä. Runot ovat oikeastaan itsestäänselviä, mutta jonkinlaiset listat olisivat myös kivoja! Suosikkimusiikki ja lempikirjat päivämäärän kera? Oikein tieteellisen tarkkaan tehtyjä analyysejä kaikesta? Keskusteluja? Päästä vedettyjä tarinoita? Pieniä arvosteluja joistakin teoksista? Pyydänkö Huurretta kirjoittamaan jotain välillä myös? Vai pysyisinkö suosiolla niissä ajatuksissani? Katsotaan mihin suuntaan kehittyy!

Heinäkuu / 21
Tänään voimme vielä palata erääseen aiemmin esitettyyn asiaan. Huurre sanoi silloin

ihastuneensa minuun, koska olin "eläväinen, naurusuinen ja omalaatuinen". Olinko ennen tuollainen, entä nyt?

En minä muista menneisyydestä paljon mitään, ja ehkä niin on parasta. Minulla oli hyvä lapsuus, lääkärinä työskentelevä äiti oli kyllä paljon poissa, mutta isä luki aina satuja. Olen ollut aina kiinnostunut kirjoista. Oli minulla alaluokilla parhaita kavereitakin, mutta kunkin oman identiteetin alkaessa muodostua emme tulleetkaan enää toimeen. Yksinäisyys ei kuitenkaan vielä tuolloin iskenyt kaikessa voimassaan, vaan löysin elämääni muutakin sisältöä. Sitten tapahtuikin asioita, ja yhtäkkiä olikin jo se paha talvi. Ja nyt tämä!

Minä tiedän myös sellaisia ihmisiä, joilla ei ole omaa persoonaa ollenkaan. He vain ovat, eivät koskaan sanoa mitään mikä vaatisi omaa ajattelua. He vain elävät normaalisti ja tekevät kaikki valintansa mekaanisesti juuri kuten yhteiskunta toivoo. Ei kai siinä mitään jos on itse niin valinnut, mutta silti säälittää sellainen sieluttomuus.

Mutta minä en ole sieluton, hiukan hukassa vain! Kyllä, minulla on Huurre, tuo maailman ihanin ja viisain ja upein nuorukainen elämässäni, mutta entä minä itse? Tätäkö ne jotkut tarkoittivat sanoessaan, että pitää rakastaa ensin itseään ennen kuin voi rakastaa muita? Minä rakastan niin paljon, että voisin uhrata kaiken Huurteelle. Mutta hän näyttää rakastavan minua samalla tavalla, mistä seuraakin ongelmia. Jos kumpikin pyhittää elämänsä toisen miellyttämiselle rakkautensa tähden, niin tullaan aikamoiseen umpikujaan, jossa ollaan kyllä rakastuneita ja niin edelleen, mutta pahimmassa tapauksessa myös sieluttomia. On paljon helpompaa rakastaa toista koko sydämestään, jos itselläänkin on jotain muutakin annettavaa kuin rakkautensa.

Kadotin ehkä alkuperäisen ajatukseni ja karkasin aiheesta, mutta jotakin tuollaista olen ajatellut. Pitäisi varmaan kysyä Huurteelta, hän saattaisi osata kertoa jotain psykologian näkökulmasta.

Mutta sitten vielä haaste heinäkuulle: täytyy kunnolla selvittää oma identiteettini. Tuskin saan koko kokonaisuutta selville, mutta voisi kai tässä yrittää hahmotella minäkuvaa kaikenlaisten lempijuttujen avulla. Täytyy varata aikaa ja paperia tähän listaukseen...

Heinäkuu / 23

- Musiikki on minulle tärkeää, ja kuuntelen musiikkia jopa enemmän kuin luen.
- Kirjoittaminen ja kirjallisuus on se juttu!
- Olen yleensä iloinen, ellei mitään suurempia henkilökohtaisia ongelmia ilmene

- Olen aika stereotyyppinen pieni indie-tyttö. Eipä se haittaa
- Olen kiinnostunut erityisesti 60- ja 70-lukujen muodista
- Meat is murder, ja meikeläinen kasvissyöjä
- Kirjallisuuden parissa suosikkihenkilöitäni ovat Edith Södergran, Aino Kallas, Aaro Hellaakoski, Saima Harmaja, Katri Vala ja Eino Leino. Runous on rakkautta.
- Olen ylitunteellinen tuuliviiri
- Minua sanotaan älykkääksi, ja tykkään tehdä havaintoja ympärilläni tapahtuvista asioista
- Minulla on hyvä mielikuvitus
- Kaikki tai ei mitään, tällä mennään!
- Minulla ei oikein ole kokemusta sosiaalisuudesta ellei nykytilannetta lasketa. Vain minä ja kirjat, elämäntarinani alkaa kulkea Morrisseyn polkuja?
- Olen opiskellut ruotsia ja ranskaa parhaani mukaan
- Haaveilen monipuolisen kirjoittajan urasta
- Oikeastaan pidän enemmän koirista kuin kissoista
- Haluaisin matkustella paljon eri maihin, tarkkailla ihmisiä ja kirjoittaa paljon

...Auttaako tämä listaus minua? Jotenkin se tuntuu vain sotkevan ajatukseni. Olen kyllä saanut päähäni jo selvän kuvan omalaatuisesta, retromekkoisesta indie-kirjoittajasta. Sellainen minä kai olen. Amen.

Heinäkuu / 25
Aivan tajuttoman vauhdin vetäisin ihan tyhjästä. Herranjestas, haluaisiko joku hidastaa? Ehkä kaikki on musiikin syytä, tai pikemmitenkin ansiota, täällä olen hyppinyt päivät pitkät. Kuka nyt ei hyppisi, kun Circa Waves soi? Liian nerokasta ja rakasta, onneksi kukaan ei näe kuinka hillun ja heittelehdin täällä..!

Heinäkuu / 28
Hidastettu on, ja olen alkanut taas ajatella (kenties jopa omilla aivoillani). Musiikki huutaa edelleen, sillä milloinka se ei huutaisi? Onneksi meillä molemmilla on varsin mainiot musiikkimaut, Huurteella toki monipuolisempi meikeläisellä.

Pikaisen selailun jälkeen voin todeta, ettei yhteisestä musiikistamme olekaan vielä kirjoitettu. Ihmeiden ihme, että se aihe on jotenkin sivuutettu! Eiköhän nyt olisi sitten korkea aika tehdä listauksien listaus..

Alkuun ei sovi mikään muu kuin The Smiths – Girl Afraid. Tämä ei vaatine selityksiä, sillä se vain oli asioiden laita. Oivoi... Sitten aika mateli, mutta asiat eivät edenneet. Vanha rakkauteni Cigarettes After Sex puuttui peliin ihanalla kappaleellaan Dreaming of You. Voiko minun laitaani kuvaavampaa ollakaan? Huurteen valinta tuolle ajanjaksolle oli Mew – Making Friends.

Mutta sitten tulivat ne juhlat. Ne juhlat, joissa Huurre jotenkin keplotteli lempimusiikkini soimaan ja minä juoksin etsimään sen lähdettä. Catfish and the Bottlemen – Oxygen, ja pian me jo juttelimme musiikista kuin vanhat ystävykset. Ja sitten "jatkoilla" istuimme huoneessani ja kuuntelimme levyjä. A Triumph for Man -albumi on jättänyt ikuisen muiston sydämiimme, mutta nostetaan tähän nyt esille vaikka sitten se Wheels Over Me. Omituisen osuva noinniinkuin muutenkin!

Tässä välissä aika, jolloin ei paljon musiikkia kuunneltu. Kesäkuussa vauhti oli kuitenkin taas päätähuimaava. Huurre laittoi vain eräänä iltana soimaan dandelion hands – I Like You'n, ja olin jotenkin todella otettu. Se on muutenkin hyvä viisu! Sitten paluu yhteiseen rakkauteemme: Catfish and the Bottlemen – Cocoon. Huurre myöskin kertoi, että Slowdiven Here She Comes kuvaa hyvin hänen ajatuksiaan minusta. Äää!! Syntymäpäivälahjakseni Peacen In Love, Step A Lil Closer on valintani.

Ja nyt me ollaan tässä, uutta musiikkia etsimässä. Riimitkin hallussa?

Elokuu / 3

Tänään on Nean, Linnean, Neean ja Vanamon nimipäivä. Vanamo kuulostaa ainakin omaan korvaani hyvältä, siinä on hiukan sellainen keskiaikainen luontosävy. Linnea on myöskin kiva, lähinnä kai vaan koska minulla on eräästä kuvitteellisesta Linneasta hyviä muistoja!

Hyviä muistoja ei puolestaan ole viikonlopun ohjelmasta. Myöhäiskesän kunniaksi puolet suvusta kokoontuu isomummun mökille jonnekin korpikuusen kannon alle. Ja tätä reissua minäkään en voi välttää, ja kaiken kukkuraksi sinne pitää lähteä yksin. Argh.

Näen jo päässäni Mirja-tädin ruman housupuvun ja hänen niin "fiinisti" laitetut lapsukaisensa rivissä.

- Mitäs neitokaiselle? Mitäs neitokaiselle? niin hän utelee lipevä hymy huulillaan.

Onneksi siellä sentään on Risto-ukki, tuo pahansisuinen piippua poltteleva, kaiken nähnyt isoukkini. Kaikki häpeävät silmät päästään hänen ruokottomia puheitaan, mutta minusta hän voisi suoraan hypätä vanhan maaseuturomaanin henkilöksi. Ryysyaatelistoa kultakehyksissä?

Siellä himputin mökillä ei ole edes nettiyhteyttä, ja maalaismaisemasta nauttiminen on mahdotonta sen sukulaispaljouden tähden. Piinallista kärsimystä koko reissu, menee hyviä hetkiä hukkaan nyt kun Huurre on juuri saanut työt tehtyä!

Elokuu / 6

Sukulaiseni tietävät, että olen voittanut parisen (turhaa pikku) palkintoa kirjoituksillani. On siis yksi keino saada omaa rauhaa: kertoa kaikille kirjoittavansa jotain tärkeää. Silloin he nyökyttelevät ymmärtäväisesti ja poistuvat takavasemmalle supisemaan keskenään. Varmaan suunnittelevat jo esikoiskirjani tuoton jakamista...

Valehtelusta minä en kuitenkaan enää pidä, joten täytyyhän sitä nyt jotain oikeastikin raapustella. Kaikissa oppaissa käsketään aina kirjoittamaan aiheista jotka tuntee, ja minkä minä tuntisinkaan paremmin kuin oman elämäni? Olen jo monta viikkoa selaillut kevään päiväkirjamerkintöjä närkästyneenä. Niin hyppivää tekstiä, lukuisia aukkoja ja yhtäkkiä liian nopea tapahtumasarja. Hui, mutta sellaistahan se elämäni on ollut. Nyt on kuitenkin hyvä sauma kuroa hiukan tapahtumia yhteen räkäisen novellin muodossa. Kirjoitetaan siis tarina keväästä, ja lisätään Huurteen ajatuksia mukaan? Saanen esitellä: Epäsopivat!

Elokuu / 9

Miten olimme voineetkaan unohtaa jotain niin olennaista kuin The Smiths – Cemetary Gates? Tuo nerouden multihuipentuma, miten se onkaan voinut unohtua? En tiedä, mutta nyt oli aika korjata erheet, omalla mallillamme tietysti.

Siispä minä ja Huurre tapasimme eräänä kamalana kesäpäivänä hautausmaan porteilla. Tämä päivä kuuluu muistojeni kirjaan jo valmiiksikin, polaroid-kamerani oli kerrankin käytössä!

Elokuu / 14

Sitä on sitten jo kouluun palattu. Yhdeksäs luokka alussa, viimeiset voimat pitäisi tähän vuoteen uhrata. Yritän olla ajattelematta asiaa tarkemmin.

Koulussa kaikki näyttää olevan normaalisti. Vanha porukka on pysynyt vanhana porukkana, joku on värjännyt hiukset ja toinen käynyt kesälomalla Irlannissa. Kaikki kuplivat vielä intoa ja odotusta, mutta eiköhän se pian tasaannu. Koulukirjoja selanneena tiedän, että tänä vuonna käsittelemme paljon kaikkea mielenkiintoista monissa aineissa. Suomalainen kirjallisuuskin tulee esille, mutta se jos mikä on minulle tuttua jo ennestään. Yhteiskuntaoppia odotan innolla!

Huurre juoksentelee omilla tunneillaan, koulussa meillä on yhteistä aikaa vain parilla tauolla. Hän käy kanssani samaan aikaan syömässä, mutta muuten olemme oikeastaan omissa porukoissamme. Ei sitä nyt muiden nähden viitsi kaulailla!

Olihan minulla kiva kesä, tylsyyden voitti Huurteen seura. Siis odottakaas, seurustellaanko me todella? Välillä sitä on vaikea käsittää, joutuu hieraisemaan silmiään ja perhoset lentelevät vatsassani edelleen. Hihii... Toivotan nyt syksyn tervetulleeksi ja toivon oppivani mahdollisimman paljon kaikkea elämästä.

Elokuu / 16
Jokatoisenpäivänkirjaksi tämä näyttää jääneen pienten taukojen kera. Ehkä tämä sitten on tapani? Vai kenties juhani..? Äh, vitsikkyyteni tökkii.

Elokuu / 23
...Niin tökkii myös tähän päivyriin raapustelu. Niin paljon kaikkea koettavaa, muttei oikeastaan mitään uutta kerrottavaa? Päivä valkenee. Kouluun raahaudutaan. Mielenkiintoisten projektien jälkeen kotiin. Illalla Huurteen luo. Yöksi kotiin. Ja sama uudelleen.

Elokuu / 28
Nyt minusta tulee toimittaja! Tai pikemmitenkin kolumnisti...

Paikallislehtemme on juhlistamassa Suomen 100-vuotisjuhlia etsimällä uusia näkökantoja lehteen. He olivat halunneet jonkun kirjoittamaan koululaisten ja nuorten näkökulmasta, ja luokanvalvojani oli suositellut minua! Jaa-a, eipä siihen sitten paljon muuta

tarvittukaan kun meikeläisestä tehtiin sano-
malehtialan työläinen.
Yksi kolumni per kuukausi, kuukauden
viimeisenä sunnuntaina julkaistaan. Huh-
huh, mistäköhän alkaisi raapustella? Voisin
herätellä tämän avulla sitä unelmaani yhteis-
kunnallisena vaikuttajana...

Elokuu / 30
"Jumi!"
-
Olen lukenut liikaa kirjoja,
mutta tavannut niin vähän Pirjoja.
Käsityksiä kyllä riittää,
mutten voi vielä maailmaa määrittää.

Elokuu / 31
Välillä mietinkään miten ihmeessä elämääni
on ilmestynyt tuollainen nuorukainen. Her-
ranjestas, Huurrehan on täydellinen! Juu,
tiedän ettei kukaan ole oikeasti täydellinen,
mutta enkö toista itseäni nyt vähän liian pal-
jon toitottaessani, että hän on minun silmis-
säni aivan täydellinen.
Miten hän osaakaan olla noin aito, läm-
min ja kannustava? Niin ihanteideni mukai-
nen! Hän kannustaa minua vilpittömästi seu-
raamaan unelmiani ja on aina läsnä ja niin
rakastava, vaikka on joutunut kokemaan
kaikkea kamalaa elämässään. Niinkuin
yhyy... Pelkkä hänen läsnäolonsa tekee elä-
mästäni merkityksellistä!

"Hän on tavallaan varsin surullinen tapaus kävellessään koulun käytävillä yksin. Ja ei, nyt emme ole palanneet menneisyyteen puhumaan poikaystävästäni, vaan täällä on joku toinenkin. En tiedä hänen nimeään, mutta hän on myös lukiossa. Enkä kirjoita tätä nyt sillä, että olisin ihastunut, hän vain on niin surullinen! Ihan kylmää kun hän kulkee ohitseni, sillä hänen koko olemuksensa on niin jäinen! Ja hänen silmänsä, millaista vihaa ne huokuvatkaan! Onko hän sitten sydämetön psykopaatti? Sitä en tahdo uskoa, minulla on muitakin arveluita. En ole koskaan kuullut hänen puhuvan, eivätkä muut kiinnitä häneen mitään huomiota."

Mikä mahtaa olla kummituspojan tarina?

Kummituspojan inspiroimana olemme keskustelleet Huurteen kanssa yksinäisyydestä ja myös sukupuolia koskevista odotuksista.

Maailmassa on niin selvät 'säännöt' millaisia ihmisten pitäisi olla. Sukupuoliroolit, perhesuhteet, miehen malli, vaimomatskua... Minusta se on järjetöntä! Eletään vieläkin sellaisessa luulossa, että naisen pitäisi olla naisellinen ja miehen miehekäs. Minusta jokaisen pitäisi itse saada päättää millainen haluaa olla, sukupuolesta riiippumatta. Kyllähän niinkin toimitaan nykyään, mutta edelleen olemassa olevien sukupuoliroolien takia on hankala kunnolla irtautua vaatimuksista.

Meni nyt kyllä aika mutkikkaaksi tämä, mutta ideahan kai oli se, että kummituspoika lienee vain yksinäinen ja surullinen. Mutta koska nuoren miehen ei suvaita näyttävän tunteitaan julkisesti, niin kaipa hän on vetäytynyt kuoreensa ja suhtautuu siksi niin vihamielisesti toisiin. Ehkä, ehkä, ehkä, näin minä päättelisin.

Onneksi olen löytänyt sellainen herran, joka voi itkeä. Kaikesta huolimatta, ihana Huurre!

Syyskuu / 11

Kaikilla on jatkuvasti kiire, minullakin. Ei oikein ole aikaa kirjoittaa tätä päiväkirjaa tai mitään muutakaan. Tärkeiden asioiden takia voi kuitenkin yrittää, eikö niin?

Olen kaavaillut jonkinlaisia pysäytyskuvia elämästä ympärilläni. On järisyttävä ajatus, että jokaisella vastaantulijalla on oma tarinansa, omat haaveet ja pelot. Omassa kuplassa elely on saanut minut kuulostamaan itsekkäältä kakkiaiselta, ehkä tämä olisi hyvää jatkoa tarkkailuharrastukselleni ja nykymaailmaan sopeutumiselle. Ties vaikka tästä repiäisi juttua lehteenkin!

Kuukauden albumi saa muuten olla Joy Division – Unknown Pleasures

Minä todella pidän Huurteesta, ja olen hänen kanssaan onnellinen. Pelkkä ajatuskin hänestä hymyilyttää edelleen, mutta eihän se elämä maistu aina isolta karkkipussilta. Nyt on lauantai ja minä voisin olla hänen luonaan yötä. En kuitenkaan ole, vaan tuijotan päiväkirjani sivuja kynä kädessä ja naksauttelen käsiäni. En minä edes soittanut hänelle illalla, kuten meillä normaalisti on tapana. Se oli ilkeästi tehty, ja tällä hetkellä Huurre varmaan miettii mitä teki väärin. Minä vain tarvitsen hetken aikaa ajatella mitä minä tein väärin.

Alku oli sinällään todella hidas. Minä tein kaikki aloitteet, mutta ymmärsin kyllä miksi Huurre arkaili.Vasta kesäkuun lopussa hän uskalsi ihan vapaaehtoisesti koskettaa minua. Noista ajoista asiat ovat kehittyneet sille asteelle, että roikumme toisissamme kiinni jatkuvasti ja olemme aina mahdollisimman lähekkäin. Vaan siihen se jääkin, heippa. Kaikki hiljenee.

Tämä on vähän hankala aihe meille molemmille. En pysty edes kirjoittamaan tästä kunnolla, en saa kaikkea sitä ajatusmäärää tai epävarmuutta ulos edes tätä kautta. Saatana, voisi tehdä niinkin klassisesti kuin ryhtyä kuuntelemaan musiikkia näin yön pimeiden tuntien kunniaksi.

Syyskuu / 20
Parisuhdekriisi nro 1 vain syvenee.

On olemassa jonkinsortin sanonta siitä,
ettei yksinäisenä kannata paljon suhdesta-
tuksia vaihdella, koska ei tiedä valitseeko
sen henkilön rakkaudesta vai yksinäisyy-
destä. Olen miettinyt menneitä ja varsinkin
päiväkirjani perusteella voin todeta, että
kaikki vaikutti hiukan liian suunnitellulta.
Piti ihastua, ja niin minä sitten ihastuin.
Tänään minä katselen Huurretta ja hänen
hiukan huolestuneita silmiään. Ihastuinko
minä todella häneen hänen itsensä takia, vai
koska minun piti saada joku pelastamaan
minut? Tulee paha mieli. Minä tarvitsin pe-
lastajan, minä huusin rakkauden perään – ja
siinä hän sitten oli. Hän piti minusta jo sil-
loin, kun en ollut vielä huomannut koko her-
rasen olemassaoloa. Olinkohan sittenkin tie-
dostanut asian jotenkin alitajuntaisesti ja sen
takia alkanut piirittää häntä? Onko tämä
vain salaliittojen salaliitto?
En minä tiedä, nyt menen ehkä vähän it-
kemään. Minun täytyy tänäänkin väistää hy-
vänyönhalaus, sillä näiden ajatusten takia
sekin tuntuisi väärältä. Helvetti...

Syyskuu / 22
*Johanna; Hän on niin siisti ja viisas, mutta
vaikuttaa huolestuneelta. Kulmakarvat lähes
poikkeuksetta mietteliäässä kurtussa ja mieli
suunnattuna muualle, mutta silti hän osaa
kaiken. Tuo tyttö on varmasti painanut pää-
hänsä joka ikisen koulurakennuksessa*

sanotun sanan, ja osaa aina neuvoa muita
myös ihmissuhdeasioissa. Jos emme olisi
etääntyneet toisistamme, kysyisin kunnolla
hänen huolistaan ja kertoisin ehkä omistani-
kin. Mutta muutoksia tapahtuu eikä men-
neitä ei voi saavuttaa.

Syyskuu / 28

Palaten aiemmin kirjoitettuihin asioihin:
mitä helvetin väliä sillä on. Mitä helvetin
väliä sillä on, vaikka olisinkin ihastunut
Huurteeseen pelkästä ihastumisen tarpeesta?
Mitä helvetin väliä sillä enää on, kun nyt
kuitenkin pidän hänestä vain hänen itsensä
takia?

Huurre on omalla tavallaan helvetin viisas ja
tajuaa psykologiasta ja ties mistä tieteestä
vaikka mitä. Voisin kuunnella hänen puhet-
taan päiväkausia, ei väliä vaikka hän selit-
täisi talouspolitiikan koukeroista. Ja hän ei
ole mikään kusipää, vaan hyvä ihminen.
Huurre on myös minun silmiini suunnatto-
man hyvännäköinen ja mitä ikinä hän tekee-
kään, saa hän minut hymyilemään. Ja hän
pitää minusta, ihan vilpittömästi ja tosis-
saan! Tämä jätkä ansaitsisi kaiken hyvän
maailmassa, joten minun ei kannata epä-
röidä enää yhtään enempää. Suorastaan al-
kaa hävettää venkoiluni, hyi hyi minua...

Lokakuu / 1

Jostain kumman syystä saan paineita tämän päiväkirjan kirjoittamisesta. Minun pöljä päiväkirjani, ja minä stressaan sen vuoksi? Pakko kyllä myöntää, että olen se minäkin melkoinen eläjä aina välillä. Olen taas lukenut joitakin päiväkirjatyyppisiä elämänkertoja, ja tästä ei kyllä julkaistavaa saisi mitenkään. Ei nyt edes sillä, että tätä pitäisikään julkaista, mutta kuitenkin... Vanhat päiväkirjat toimivat usein hyvinä ajankuvina. Siihen tästä ei kyllä ole, koska en tahdo paneutua nykymaailman tilanteeseen tai populaarikulttuuriin, vaan omiin tunteisiini. Minä olen syvä tunneihminen, ja sen kyllä näkee tätä lukiessa. Mutta miksi minä tätä kirjoitan? Tahdonko palavasti lukea tätä vuosien kuluttua? Tuskin, sillä näitä räkäisiä ailahteluja on jo nyt tuskallista katsella. Kyllä, tämä on minun elämääni, ja kyllä, elämäni on tällä hetkellä varsin mainiota, mutta suurissa tunnehuuruissa kirjoitetut lätinät eivät paljon todellisuudesta kerro.

Miksi minulla on semmoinen pieni pahaenteinen tunne, että olen käsitellyt tätä jo aiemminkin? Eikö päiväkirjani pitänyt koostua mielenkiintoisista palasista? Argh, ehkä menen vain suosiolla suihkuun.

Lokakuu / 7
Taisin todellakin möhliä ryhtyessäni epäilemään asioita. Huurre kyllä tietää, mitä

pohdiskelin viimekuussa, ja se on tainnut
vaikuttaa häneen enemmän kuin osasin ku-
vitellakaan. Alan oikeasti olla huolissani hä-
nestä, sillä ne silmät ovat saavuttamassa sen
saman kadotuksen kuin ennen tutustumis-
tamme.

Lokakuu / 17

Nyt ei oikein lähde mitään verbaliikan ihme-
lahjoja kuvaamaan tätä tilannetta, joten ker-
ron vain totuuden lyhyesti ja ytimekkäästi:
Toissapäivänä Huurre yritti itsemurhaa. Äi-
tini tietää, ja tilanne on hallinnassa. Minä it-
ken edelleen.

Lokakuu / 31

Annoin ajan kulua, arvet tästä vain jää.
Slowdive on ollut aika ahkerasti kuunnelta-
vana. En tahdo käsitellä asiaa sen enempää,
sillä kaikki on jo lähtenyt menemään parem-
paan suuntaan. Pohjakosketuksen jälkeen on
mahdollista vain nousta, se on karu totuus.

Huurre ihan itse sanoi jotakuinkin näin:
*"Minä en usko Jumalaan tai kohtaloon,
mutta ehkä näin kuuluikin tapahtua. Jos
Elisa ei olisi ilmestynyt silloin oven taakse
ja olisimme jatkaneet elämäämme kuten en-
nenkin, olisimme vain hidastaneet umpiku-
jaan saapumista. Jonain pävänä se umpi-
kuja olisi ollut edessä, ja keksimämme rat-
kaisu saattaisi silloin olla aivan toinen. Nyt
minä taisin rikkoa meille aukon vapauteen,*

ja vaikka rikoin samalla muutakin, niin se oli sen arvoista. Olihan?"

Hän katsoi minua harmailla silmillään odottavasti ja lopetti hiuksillani leikkimisen. Minulla olisi edelleen miljoonaviisisataa syytä itkeä ja olla vihainen, mutta tämä hetki ja kaikki tulevat olivat todella olleet kaikkien sirpaleiden arvoiset.

Marraskuu / 4

Entisestään hiljentynyt tämä, sillä minulla on nyt muutakin tekemistä kuin päiväkirjani kirjoittaminen. On tärkeää viettää aikaa Huurteen kanssa, sillä olemme lähentyneet entisestään. Niinhän hän taisi ennustaakin. Kaiken musiikin kuuntelemisen ja hellyydenosoitusten sivussa olemme tehneet myös jotain järkevää.

Toipilasaikanaan Huurre luki sen novellin, Epäsopivat, jonka olin kirjoittanut keväästä. Oli hänen ideansa käsitellä viimekuun tapahtumia toisen kirjoituksen avulla, ja niin aloimme yhdessä työstää Ristiriitaa. Voi hitto että siitä tuli hyvä, vaikka itse sanonkin! Ja se ei ole pelkkä novelli, vaan tarjosi meille molemmille paljon ajateltavaa. Saimme rauhassa käsitellä menneitä ja tuloksena oli kirjoitus. Loppu hyvin, kaikki hyvin?

Tuntuu kyllä vähän kieroutuneelta kirjoittaa omasta elämästään niin rehellisesti. Ei ole kyllä suunnitelmissa julkaista kirjoituksiani ainakaan vielä, mutta silti pieni kaihertava tunne asiasta kyllä on. Minä kuitenkin olen painanut muistiini kirjoitusprosessin jokaisen hetken; miten minä ja Huure makoilimme lattialla papereiden ympäröimänä, miten kumpikin itki menneitä tuntojaan toiselle, miten monia iltoja puhuimmekaan puhelimessa..

Oli miten oli, minun mielestäni ihmisten arjesta löytyy paljon kertomisen arvoisia asioita. Tulevaisuudessa minä tahdonkin keskittyä kirjoittamaan arkisista asioista, ehkä uusista näkökulmista katsottuna ja tunteellisella tavalla vain. VOISIN VAIKKA ALOITTAA TÄSTÄ PÄIVÄKIRJASTANI, JOS VAAN MILLÄÄN JOSKUS KOPEUTUISIN.

Marraskuu / 10
"Jatkot"
-
Sinä todella olet vieressäni.
Katseemme etsivät toisiamme,
totuutta; rakkautta.
Se oli hyvää hiljaisuutta
silmiemme säteillessä.

-

Marraskuu / 21
Okei, arki pääosaan. En jaksa enää huutaa turhautuneena lusmuilulleni, joten parempi yrittää.

Tänään heräsin hiukan myöhässä ja jouduin menemään juoksujalkaa suihkuun. Pikkuveljestäni kun on hauska käydä sammuttamassa herätykseni, mitäköhän hänelle vastaiskuksi keksisin? Koulussa normaali päivä, oli kiva nähdä Huurre taas tolpillaan psykan kirjoja raahailemassa. Äiti hommasi hänelle terapia-aikoja tai jotain. Olen aloittanut joululahjojen metsästyksen, löysin kivan nettikirppiksen hyvällä retrovaatevarastolla. Sinne taitaa rahani palaa aaton lähestyessä...

Isä vaatimalla oli vaatinut meitä kaikkia syömään yhdessä perheen kesken edes kerran. Äidillä kun on edelleen liikaa töitä, ruoka venyi kahdeksaksi. Saimme kuitenkin syötyä ja keskusteltua kaikkea arkipäiväistä. Se oli kyllä helvetin tylsää, jos rehellisesti sanon.Tavallaan menetin yhteyden vanhempiini jo kauan sitten.

Pian lamppu sammuu. Tällä kertaa laitoin herätyskelloni entistä korkeammalle, toivottavasti vintiö ei yletä sinne asti. Katsotaan mitä huominen tuo tullessaan.

Marraskuu / 28

Huominen toi tullessaan hiljaisuuden. Tämä homma ei todellakaan etene, mutta onneksi muut asiat etenevät! Jutut lähetetty toimitukseen, koulu kunnossa, Huurre on ihana ja kaikki hyvin. Jee.

Ensi kuussa voisin oikeasti yrittää. Jos joka päivä kirjoittaisin lyhyesti ja ytimekkäästi päivän tapahtumista? Niin, että vielä kymmenen vuoden kuluttuakin saisin pari virkettä luettuani muistiini joulukuun 2017 tapahtumat?

Joulukuu / 1

Oskarin nimipäivä. Tulee mieleen vain fiksuja miehiä ja kalastusintoilijoita. Ulkona sataa jotain epämääräistä. Unohdin ostaa joulukalenterin, mutta kyllä Huurre pelastaa tilanteen musiikkisuosituksillaan.

Joulukuu / 2

Lauantait ovat ihmiskunnan kirous. Tylsyydestä seuraa raivonpuuskia. Suutuin äidille ihan liikaa, en oikeastaan edes tiedä miksi. Tai kyllä tiedän: en enää osaa olla se samanlainen lapsi kuin ennen. Enhän minä lapsi enää olekaan, mutta muutenkin... Kaiken sen vastuun ja omatoimisuuden jälkeen tuntuu omituiselta palata kunnolla kotiin muiden pompoteltavaksi. Huurteen luona oli parempi olla.

Joka tapauksessa äidille kiukuttelu ei ole hyvä ratkaisu, sovinnon eleenä menen lämmittämään saunan.

Joulukuu / 3

Ensimmäinen adventtisunnuntai. En ole uskonnollinen, saati sitten pidä joulusta. Leivoin pikkuveljen ja isän kanssa joulutorttuja. Äiti yrittää luoda "normaalia etäisyyttä" minun ja Huurteen välille. Vittu mitä paskaa, sanoisin.

Joulukuu / 4

Oli hemmetin huono idea yrittää kirjoittaa näin. Minä ja tieteelliset toteamukset emme sovi yhteen, tikusta on turha tehdä asiaa. Argh. Tämä on ehkä mielikuvituksettominta paskaa pitkään aikaan, saatan vain haihduttaa tällä tavoin yltiöpäisen tunteiluni pois tekstistä. Mutta mitä jää jäljelle, jos se poistetaan? Täytyy yrittää lujemmin.

Joulukuu / 5

Tänään oli koulun kemut satavuotiaan Suomen kunniaksi. Historiavisailuja ja tanssiaiset. Musiikki ei ihan miellyttänyt korvaani, mutta sainpahan ainakin olla Huurteen kanssa. Hain jopa sitä yksinäistä kummituspoikaa tanssimaan! Kyllä hän puhui, ja virnuili jatkuvalle pälätykselleni. Hyvänä puolena huomautettakoon myös sen, että minä pääsin vihdoin pitämään sitä mustaa mekkoani vuodelta 1970. Retromekkoilu jatkuu..

Joulukuu / 6

Vapaapäivä ja Suomi 100 vuotta. Huurre tulee meille syömään illalla. Ehkä tanssimme taas. Olen kirjoittanut jotain itsenäisyydestä ja muustakin, laitoin sen esseekansioon.

Joulukuu / 7

Minähän kirjoitin Johannasta aiemmin tähän päiväkirjaani, enkö kirjoittanutkin? Järkevä, mutta jostain huolestunut. Hän on raskaana. Asiahan oli oikeastaan päivänselvä, vaikkei sitä päällisin puolin tajunnutkaan. Minä ja Huurre olimme juuri lähdössä kotiin viimeisen tunnin jälkeen, kun Johanna pyysi meidät vanhan kaveriporukan luokse. Ihan hetkeksi vain, ja Huurre sai kuulemma tulla mukaan. Siinä hän asiansa sitten kertoi, selkä suorassa. Pieni kyynel tirahti hänen poskelleen. Ehkä muiden suut loksahtivat auki, en muista. Muistan vain Huurteen, joka salamannopeasti toivotti onnea ja kävi halaamassa Johannaa. Minäkin olin silloin jo toipunut järkytyksestä, ja sanoin jotain onniteluntapaista. Olipa se uutinen!

MUTTA siis Huurre! Dokumenttiprojekti: Poikaystäväni on yli-inhimillisen hyvä olento. Hän oli nopeasti tilanteen tasalla, toimi vilpittömästi ja ihanasti. Ja sellainen hän on aina? En unohda Johannan ilmettä sen jälkeen, hän oli hämmentyneen ja voimaantuneen rajamailla. Huurre handlaa kiperimmätkin tilanteet, hän on ihmeellinen..?

Joulukuu / 8

Karkasimme hiukan aiheesta ja tämän kuukauden (huonosta) kirjoitusideasta. Eilisen uutinen on kuitenkin vaikuttanut vanhaan kaveriporukkaamme omituisesti. Tuntuu, että koko porukka on hajonnut muutenkin käsiin. Marialla on poikakaverinsa, Tuulialla kerhokaverinsa ja minulla Huurre. Ja Johannalla lapsi tulossa? Hui. Joka tapauksessa, loput ovat kadonneet, Mariaa alkoi selvästikin kauhistuttaa uutinen ja hän tuntuu pitävän etäisyyttä Johannaan. Tuulia, ihmisrakas Tuulia, on yhteisen kaverimme puolesta onnellinen, mutta hänkään ei varmasti tiedä miten pitäisi suhtautua. Ja hänellä on kiireitä omien harrastustensa parissa.. Jäljellä olen vain minä, enkä tiedä vielä omaa katsantokantaani?

Joulukuu / 9

Äitikin tietää nyt Johannan uutisen, kuten varmaan koko kylä. Kaikki vain siunailevat ja päivittelevät ja loppua ei näy. Minusta se on väärin. Eikö ole oikeastaan kunnia, jos saa syntyä satavuotiaan Suomen kansalaiseksi? Asiasta voi näköjään olla montaa mieltä.

Joulukuu / 10

Keskusteluja Huurteen kanssa, kirjat koirankorvilla, aina kiire jonnekin. Kyllä minä tuen Johannaa. Hän on kuitenkin ollut koko yläasteen ajan sellainen jo ennestäänkin rikkonaisen kaveriporukkamme järkevin neuvonantaja. Olisi anteeksiantamatonta hylätä hänet nyt.

Joulukuu / 11

Pian on aika saada joulutodistukset kouraan ja minä tyyliin tärisen täällä stressaantuneena. Vaahto vaan suusta valuu, kun kokeet kasaantuvat ja minulle on tärkeämpää tanssahdella yön pimeinä tunteina The Smithsin tahtiin. Historia toistaa itseään?

Joulukuu / 12
Ailahtelevuuteni on taas huipussaan, ihme että Huurre jaksaa minua. Äidin kanssa taas jotain kärhämää, sanoin hänelle suoraan, etten jaksa tällaista jatkuvaa vahtimista kotona. Johannan uutisen jälkeen hän on muuttunut aivan oudoksi! Niin vahtivaksi ettei mitään rajaa! Minä en ole paksuksi pamahtamassa ja sen kyllä sanoin hänellekin.

Joulukuu / 13
Pikkuveli jatkaa naljailuitaan, äiti ei päästä Huurteen luo yöksi koska koeviikot, isä ei sano mitään. Niihin kokeisiin voisi muuten ehkä oikeastikin yrittää lukea...

Joulukuu / 14
Sain juuri kuulla, ettei tämä joulu tule olemaan sukulaisjoulu. Onneksi! En olisi jaksanut ketään ylimääräistä tähän kaiken lisäksi. Muuten ihan tavallinen päivä.

Joulukuu / 15
Nyt lopetan tämän helvetin turhan vänkäilyn. Kaksi viikkoa oli liikaa! Nämä kirjoitukset saavat minut kuulostamaan elämänhalunsa menettäneeltä tylsimykseltä, ja sen en salli etenevän yhtään pidemmälle.

Yltiötunteelliset raapustukset silloin tällöin ovat parempi ratkaisu. Tulisi vähän oksennusta kurkkuun jos joutuisin jatkamaan tällä linjalla!

Joulukuu / 17

Olenhan minä aika vekkuli 15-vuotias, mutta kai se niin menee nykyään, että lapset aikuistuvat nopeasti. Niin nopeasti, että tällaisen keskenkasvuisen tytönhupakon voi päästää poikaystävän luokse asumaan! Tämä on oikeastaan aika pitkä tarina, varsinkin kun olen pari päivää märehtinyt tätä päässäni. Kaikkihan lähti siitä, että minä ja äiti kiisteltiin taas ties mistä turhasta, kunnes hän sanoi: "No muuta sitten pois kotoa jos tämä ei kelpaa!" Silmäni meinasivat pompahtaa pois järkytyksestä. Saanko luvan muuttaa Huurteen luo? Sitä tilannettahan olimme jo käyneet lähellä lokakuussa, mutta kuitenkin siinä vaiheessa aihe jäi hyllylle. Ja nyt se oli taas esillä!

Isä yritti estää äitiä menemästä pidemmälle, mutta kyllähän me kaikki äidin tunsimme. Häntä ei mikään saisi enää pysäytyksi... Ja niin me teimme sopimuksen. Minä muuttaisin Huurteen luokse joululomalla ja yrittäisin saada siellä arjen toimimaan. Sitten sitä oltaisiin oman onnen varassa, niin äiti uhosi. Isä sanoi laittavansa lapsilisäni tilille joka kuukausi, mutta äiti ei antanut lupaa enempään rahoitukseen. Hän uskoo minun palaavan pian kotiin häntä koipien

välissä. Uskokoon rauhassa, vaihdevuodet
sillä varmaan on.

Joulukuu / 18
Varsinainen muutto ei ole vielä tapahtunut,
mutta mikään ei estä minua punkkaamasta
jo valmiiksi Huurteen luona. Olemme miet-
tineet kaikkea ja suunnitelleet ja keskustel-
leet.
Huurre katsoi minua hiukan omituisesti
silloin, kun kerroin uutisen. Edettiinköhän
nyt hiukan liian nopeasti? Mehän olemme
vain kaksi nuorta ihmistä, joilla molemmilla
koulukin kesken.
- *Tulitko valvomaan etten heitä henkeäni?*
Huurre naurahti lopulta ja minä halasin
häntä. Ehkä...
Huomenna on todistustenjako. Mekko
odottaa tuolin päällä ja yritin saada aikaan
pinnikiharat. Varmaan lätsähtävät ennenkuin
kerkeävät muodostumaankaan. Vaan mitäpä
väliä yksillä kiharoilla, sillä huomenna on
myös muuttopäivä.

Joulukuu / 20
Jotenkin olen hurmiossa. Siinä on jotain
omituista taikaa, kun minun pieni omaisuu-
teni on laatikoissa matkalla uuteen kotiin.
Ihan kaikki tuntuu erilaiselta, voimakkaalta,
enkä nyt puhu enää vain muutosta. Puhun
siitä, miten nään maailman. Niin paljon sä-
vyjä, tunteita, vivahteita, en osaa kuvailla

niitä sanoin. Explosions In The Sky – Your Hand In Mine

Joulukuu / 31

Tämä on ollut elämäni omituisin vuosi. Haluaisin sanoa että paras, mutta kuitenkin tähän vuoteen sisältyi ennennäkemätöntä pahoinvointia. Tammikuussa henkinen kuolema, eikä oikeastaan edes kunnollisia muistikuvia. Helmikuussa liikuttiin syvissä vesissä, mutta toivo alkoi elää. Maaliskuussa olikin jo sitten yrittämistä, norjalaisia lukiolaisia ja The Smiths. Huhtikuu meni aika matalalle, mutta minä olin sentään löytänyt hänet! Voi sitä runojen ja kyynelten määrää! Ja sitten semmoista yhteistä epäsopivuutta että vähemmästäkin häkeltyy! Kesäkuussa etsittiin kalliosinisiipiä, heinäkuussa todellisuutta ja minun paikkaani siinä. Elokuussa tuli koulu, arki, havainnot. Syyskuu oli ongelmaista aikaa, ehkä ihan turhaan. Sitten tuli se suuri paha asia, mutta kaikki päättyi kirjoitusprojektiin. Ja tässä kuussa ensimmäinen joulu yhdessä. Näköjään mikä tahansa tässä maailmassa on mahdollista!

Haluaisin kirjoittaa pienen valituksen siitä, kuinka päiväkirjani ei pidä paikkaansa tai ainakin jättää suuria aukkoja todellisuuteen. Ei sillä oikeastaan ole mitään väliä. Ne sanat eivät ole paperilla vaan sydämessäni!

Tavoitteita vuodelle 2018:

- pidän kiinni löytämistäni hyvistä asioista
- pidän itseni kunnossa
- yritän kirjoittaa enemmän
- koulu kunnialla läpi + uutta kohti!
- ulkoilen enemmän
- pyrin vegaaniseen ruokavalioon (ja keplottelen Huurteen mukaan)
- etsin vaihtoehtoja ja ratkaisuja
- teen jotain elämälläni!!!

Tavallaan tuntuu hassulta tämä elämä. Vuosi 2018 ja minä en asu enää kotona. Huurre ja minä olemme aika erottamattomat, eikä tämä mystinen alkuhuuma tunnu laantuvan millään. Arki pyörii silti eteenpäin, olen aika vekkuli talousasioiden hoidossa. Huurre opiskelee omiaaan, minä kasaan olohuoneeseen kirjoja. Tuntuu vähän siltä kuin pakahtuisin, silleen hyvällä tavalla.

Tammikuu / 9

Paluu kouluun! Johannan kanssa olen aika paljon hengaillut, hän on oma fiksu itsensä. Laskettu aika on huhtikuussa! Pieni pääni ei ihan käsitä mitä oikein on tapahtumassa, minä ja suhteellisuudentaju emme oikein tule toimeen. Me olemme Johannan kanssa hyvin erilaisia ihmisiä, mutta tulemme silti hyvin toimeen. Ehkä minulla jopa on ystävä..?

Aina pienenä sitä ajatteli, että yhdeksäs luokka olisi suurikin virstanpylväs. Nyt ei kyllä siltä tunnu. Meillä on hajanainen, noin neljänkymmenen oppilaan luokka. Kaikilla on oma juttunsa; osa riehuu, osa on olevinaan niin hienoja, osa on muiden mielestä lapsellisia. Pieniä porukoita ympäriinsä. Me olemme ehkä ensimmäinen ysiluokka, joka ei omaa loistavaa yhteishenkeä. Tuskin tällä porukalle retkelle lähdetään.

Tammikuu / 10
Koko peruskoulun viimeinen suora edessä!
Nyt pitää panostaa! Taistella itselleen hyvä
päättötodistus! (Tai sitten ei.)

Tammikuu / 18
Olin tekemässä voileipää, kun se iski mi-
nuun. Huurre oli ostanut uudenmerkkistä
juustoa ja sitä pakettia katsoessa muistin ne
asiat, jotka olivat syystäkin unohtuneet.
Muistin, kuinka Se Toinen oli napannut lei-
päni päältä juustosiivun ja pyytänyt minua
poistumaan paikalta kanssaan. Ja minähän
olin lähtenyt, hämmentynyt hymy huulillani.
Enää en lähtenyt: minä vain pudotin lau-
tasen ja huusin. Huusin suoraa huutoa, sillä
se ajan saatossa piiloutunut vanha halkeama
oli taas pirstaloitunut. Huurre juoksi pai-
kalle, tietenkin, ja sen kummempia kysele-
mättä sulki minut syliinsä. Ei Se Toinen ol-
lut halailuja harrastanut. Muistikuvat välk-
kyivät päässäni ja en olisi pysynyt pystyssä
omin jaloin. Mutta Huurre kuitenkin piteli
minua pystyssä, ja tuki minua ilman mitään
kommervenkkejä. Yhtäkkiä tunsinkin vain
hänet lähelläni ja silloin tajusin asioita. Ei se
edellinen ollut mitään todellista/tervettä/hy-
vää.
    Näistä tapahtumista on kulunut nyt pari
päivää. Oloni on ihan hemmetin kummalli-
nen. Minä muistan, mutta oliko kaikki vain

valhetta, nuoren tytön kuvitelmia? Pelkkien harhojen takiako olin ollut vähällä riistää henkeni?

Koulussa olisi tarjolla vain kertausta, esseitä ja opinnonohjausta. En halua raahautua sinne, voin hoitaa asiat täältä käsinkin. Nyt minä tarvitsen rauhaa ja hiljaisuutta ajattelulleni. Mitä oikein tapahtui puolitoista vuotta sitten?

Tammikuu / 21

Mistäköhän minä tämän laulun taas alkaisin? Vuosi sitten ei mennyt hyvin, ja mystiseen sävyyn olen tähän päiväkirjaan silloisista ongelmistani kirjoittanut. Samaa mystistä sävyä ne asiat ovat edustaneet myös päässäni, sillä totuutta en edes tahtonut ymmärtää.

Ehkä nyt on sen totuuden aika: kuten rivien välistä on voinut ymmärtää, seurustelin ennen. Luulin sitä tyyppiä elämäni rakkaudeksi, mutta ei se ihan niin tainnut mennä. Oikeasti kaikki oli valhetta ja petosta, nuoruuteni hyväksikäyttöä. Juttuhan päättyi kyseisen miehen itsemurhaan. Ja niin, mies hän oli eikä mikään nuorukainen.

Tammikuu / 22

Huurre suhtautuu romahdukseeni ihmeen hyvin. Tai ehkei tämä ole romahdus, ei enää sen alun jälkeen. Minä vain olen järkyttynyt.

Olemme tehneet yhdessä hiukan tausta-
tutkimusta ja tämä asia taitaa olla laajempi
mitä ymmärsinkään. Minua oksettaa. Yritän
kuitenkin tuudittautua nykyisyyteen: en ole
enää se sama ihminen kuin silloin. Minä
olen nyt joku toinen, nyt olen oma itseni,
eikä omalle itselleni ole tapahtunut mitään
tuollaista. Se ei ole paras ratkaisu, mutta
tässä on mukana muitakin. En minä nyt enää
voi kuolla! Nyt minä, me, voimme tehdä jo-
tain.

Tammikuu / 24
Huurre kävi kaivamassa ylös sen laatikon,
jonka olin haudannut. Ei se ollut ollut minun
ideani haudata sitä laatikkoa, ja nyt tiedän
kyllä miksi. Huurre soitti suorilla poliiseille.
Harmi ettei henkensä heittänyttä voi enää
rangaista.
Jatkan tätä joskus toiste.

Tammikuu / 26
Tarkemmin ajateltuna minä en halua jatkaa
tätä enää yhtään enempää.. Muistot ovat
täyttäneet pääni, mutten halua kirjoittaa niitä
tähän. Kaikesta huolimatta tämä päiväkirja
on ollut toivoa täynnä huurteisine seikkailui-
neen, en halua pilata tätä nyt. Päädyinkin
siis minulle kaikista ominaisimpaan ratkai-
suun, eli otan rakkaan harrastukseni avuksi.
Minä kirjoitan tästä novellin. Sellaisen no-
vellin, että oksat pois! Ja samalla myös

sellaisen novellin, joka on tarkoitettu vain
minun silmilleni.

Tammikuu / 29
Olenko traumatisoitunut? Olen. Kuitenkin
on palattava koulutielle katsomaan mitä sii-
hen suuntaan kuuluu. Täytyy palauttaa se äi-
dinkielen kirjallisuusesitelmä, parempi myö-
hään kuin ei milloinkaan.

Helmikuu / 2
Olen vahva ihminen nykyään. Tai siis niin-
kuin odottakaas hetkinen, miten otan asiat
näin rennosti? Vuosi sitten vastoinkäymisen
kohdatessani minä halvaannuin kuukau-
siksi? Nyt mikään ei edes tunnu pahalta?
Jaksan elää? Kirjoitan päiväkirjaani jatku-
vasti ja muutenkin pyörät pyörivät eteen-
päin? Onko tämä sitä edistymistä?

Helmikuu / 3
No tottakai jaksan elää. Asian kyseenalaista-
minen tuntuu aivan typerältä, sillä tadaa, mi-
nulla on Huurre! En haluaisi kirjoittaa taas
jotakin siirappista rakkaustarinaa, muttakun
sitähän tämä todellisuuteni on..?
     Voiko rakkaus sitten korjata kaiken? Rik-
konaisuuden ja vanhat ongelmat? Minulla
on Huurre ja olen onnellinen. Joku toinen on
yksin ja aivan yhtä onnellinen. Yleensä
eronneille toistetaan sitä mantraa, että onnel-
lisuuden täytyy löytyä itsestä. Minulla on

hiukan ristiriitainen näkemys kyseiseen väitteeseen. Kyllä, jokaisen ihmisen täytyy löytää se onni itse. Mutta entä jos uskoo olevansa onnellisin silloin, kun on joku jota saa rakastaa? Se on sinun onnesi silloin, vaikka elämä tarjoaa paljon muutakin.

Ja kyllähän tällainen molemminpuolinen rakkkaus tarjoaa aikamoisen mahdollisuuden eheytyä. Minun ongelmani oli yksinäisyys, ja se nyt on ainakin poistunut. Eikö muutenkin ihmisiä käsketä keskustelemaan luotettavien läheisten kanssa, jos jokin painaa mieltä? Nyt minulla on mahdollisuus siihen jatkuvasti ja se helpottaa mieltä kummasti. Kai minä jo joskus alkuaikoinakin totesin, että rakkaus ei varmaan paranna kaikkea, mutta se luo hyvän kasvualustan kaikelle hyvälle?

Liikaa monimutkaisia ja hankalasti tulkittavia kysymyksiä aiheeseen liittyen.

Helmikuu / 14

"Pyysit minua kirjoittamaan puolestasi kun et itse ehdi. Sanot että voit hyvin ja juokset paikasta toiseen. Minulle vannot rakkauttasi joka viides sekunti. Uskoisin sen kyllä vähemmälläkin! Olen oikeasti hiukan huolissani sinusta. Et ole nukkunut kolmeen yöhön. Täriset vain, 'mutta silleen hyvällä tavalla', niin toistelet. Puhut ihan levottomia. Minä pitelen sinusta kiinni, ettet karkaisi.

Olet sellaisella tuulella, että jos karkaisit
niin et varmaan löytäisi enää takaisin." -H

Helmikuu / 19

Päätä särkee ja minulla oli jokin ongelma mielentilani kanssa, kuten Huurteen kirjoituksesta voi todeta. Ihan rehellisesti: minulla ei ole viimeviikosta minkäänlaisia muistikuvia.

Eipä kai tarvitsekaan olla, koska täytyy suunnata nokka kohti tulevaisuutta. Yhteishaku lähestyy hitaasti mutta varmasti... Minulla ei sinällään ole mitään ongelmaa asian kanssa, koska olen aina tiennyt jääväni tänne lukioon. Kolme vuotta aikaa miettiä mihinkä seuraavaksi! Odotan innolla, että pääsen hiplailemaan lukiokurssien valintapapereita!

Helmikuu / 24

Elämä on yhtä helvettiä, jos lukujärjästyksesi tehnyt henkilö on päättänyt laittaa yhteiskuntaoppia päivän ensimmäiselle tunnille!

Kyllä, ennen yhteiskuntaoppi oli lempiaineeni. Silloin me käsittelimme vähemmistökansoja, perheasioita ja hiukan politiikkaa. Mutta nyt suuri kärsimys on saapunut keskuuteemme: talousasiat. Minä olen yksi niistä harvoista, jotka oikeasti ymmärtävät aiheesta jotain kunnolla, mutta toivon todella etten ymmärtäisi. Sillä mitä enemmän opiskelemme näitä asioita, sitä varmemmaksi yksi tieto muuttuu: tämä taloussysteemi ei toimi. "Kapitalismi perustuu ihmisten loputtomaan ahneuteen!" opettajani julistaa ja tiedän, että tässä maailmassa kaikki eivät voi koskaan olla tasa-arvoisia. Systeemi perustuu loputtomaan kulutukseen ja eriarvoisuuteen ja kärsimykseen ja minä tahdon hirttää itseni jokaisen yhteiskuntaopin tunnin jälkeen.

Olen minä aina ennenkin tiennyt, että maailma on paha paikka, mutta nämä faktat musertavat toivoni. Minä en ehkä halua elää jos tulevaisuus on tuollainen!

Onneksi aina voi olla Huurteen kanssa ja kuvitella ettei maailmassa ole mitään muuta kuin me. + hyvät elokuvat!! Näytin Huurteelle lempileffani, ja saatiin hyvää keskustelua aikaan. Mutta niinhän me aina tehdään!

Maaliskuu / 1

Tuntuu edelleen siltä, että luhistun maailman pahuuden alle. Lukio-opinnot on sentään suunniteltu ja koulussa vedetään klassikkokirjallisuuden putkea. Vihaan ja rakastan, mutta ehkä silti rakastan enemmän. Tai viha vain voimistaa rakkauttani.

Pitäisi lukea valtakunnallisiin, mutta meillä on Sinuhe egyptiläinen kesken. Luetaan sitä Huurteen kanssa ääneen toisillemme. Paras tapa paeta julmaa maailmaa!

Taisin kadottaa tämän kirjasen. Eipä kuluneiden viikkojen aikana ole tapahtunut paljon mitään, sellaista tasaista arkea vain. Eteenpäin ja eteenpäin.

Luettiin sentään Minna Canthin Anna Liisa ja olen edelleen järkyttynyt. Se pelasti elämäni! Ajatelkaa, Anna Liisa on tehnyt synnin ja salannut sen. Sitten toiset paljastavat Anna Liisan synnin tavoitellessaan hyötyä itselleen. Muut kuitenkin lupaavat pitää salaisuuden alkujärkytyksen jälkeen. Anna Liisa kuitenkin menee ja tunnustaa syntinsä. HÄN TEKEE OIKEIN, VAIKKA SE ON HELVETIN HANKALAA. HÄN TEKEE OIKEIN, VAIKKA KAIKKI MUUT OVAT VALMIITA PIILOTTAMAAN TOTUUDEN. HÄN TEKEE OIKEIN!!

Viikkokausia olen vain itkenyt sitä arkipäivän pahuuttakin. Ihmiset sulkevat silmänsä, asioihin ei puututa. Ollaan hiljaisia sivustakatsojia. Ei edes yritetä olla rehellisiä ja toimia oikein. Juuri sen takia Anna Liisa tuli oikeaan saumaan. Se todisti, että maailmassa on jotain hyvääkin. Anna Liisa ajatteli omilla aivoillaan ja päätyi toimimaan oikein, vaikka olisi voinut mennä siitä mistä aita on matalin. Itken edelleen. Muutenkin siinä näytelmässä on ties kuinka paljon mielenkiintoisia aiheita joihin tarttua, mutta suosikkikohtani oli se oikein tekeminen.

Haluan olla arkipäivän Anna Liisa. En tosin siinä mielessä uskonnollinen, mutta pointti tuli kyllä selväksi. Enemmän rakkautta ja rehellisyyttä tähän maailmaan, kiitos!

Huhtikuu / 11
Ei nyt kyllä silläkään jätkällä leikannut, joka päätti laittaa koeviikon, kirjoituskilpailun ja parhaan ystäväni ensimmäisen lapsen syntymän samalla viikolle. LUKAS ON SYNTYNYT! Kävin katsomassa Johannaa sairaalassa. Minä kyllä vierastan lapsia, mutta olin onnellinen ystäväni puolesta. Hän näytti hehkuvan (väsyneesti).

Kirjoitin yhtenä yönä loppuun ihan viimetingassa kirjoituksen lähetettäväksi johonkin kilpailuun, kiitos opettajalleni, joka muistutti minua asiasta vasta kolme päivää ennen kilpailun sulkeutumista. Seuraavana aamuna oli sitten matikan valtakunnallinen koe, kolmen tunnin yöunilla se ei ehkä mennyt erityisen hyvin..

Huhtikuu / 16
Huurre on lähtenyt matkalle luokkalaistensa kanssa. He ovat siellä ensi viikon. Tuntuu omituiselta olla yksin ~~hänen~~ meidän asunnossamme. Ensimmäistä kertaa tällainen tapaus, vaikka olen asunut täällä jo vajaat neljä kuukautta..?

Aika kuluu niin nopeasti. Välillä arki hukuttaa alleen, välillä on taas pilvilinnoissa liitelyä. Minä voitin kuin voitinkin äidin joulukuun kisassamme: muutin Huurteen luo ja ihan ilman apua olemme selviytyneet. Välillä on tehnyt tiukkaa ja joskus isä on salakuljettanut meille jonkun ruokapussin, mutta me olemme pärjänneet. Muistan miten vihasin joulukuun päiväkirjamerkintöjä. Nyt minä kuitenkin kaipaan niitä! Tämä kevättalvi on hujahtanut ohi tajuntani. Ajatukset pysyvät paremmin paperilla kuin päässä. Ja jos tuntee menneisyyttään, voi aavistaa myös tulevaa.

Huhtikuu / 20
Vuosi sitten olin epätoivoisen ihastunut ja kuitenkin heittämässä henkeni. Nyt huokaisen helpotuksesta kun sain tämän kuun viimeisen kokeen tehtyä ja yritän kuumeisesti keksiä synttärilahjaa poikaystävälleni.

Huurre on ihana, mutta meillä on oikeastaan kaikkea. Musiikkikokoelmasta löytyy kaikki suosikit eikä mitään erikoista materiaa puutu. Tietysti voisin ostaa hänelle uuden paidan tai maksaa ensivuoden oppikirjat. Tai viedä hänet baariin ja laittaa elämän risaiseksi, täyttäähän hän 18 vuotta! Se on tärkeä ikä hänelle, tulee enemmän vap-
MOIKKA.

Huhtikuu / 21
Hän on palannut maisemiin entistä innostuneempana. Opintomatka teki hänelle hyvää! Huurre oli jostain napannut minulle myös

tuliaisen, mutta sitä en ehkä olisi halunnut
nähdä. Arctic Monkeys – AM on ehkä kli-
seisyyden multihuipentuma ja sisäpiirivit-
simme. En edes avannut levyä, irvistin vain
hänelle ja autoin tavaroiden purkamisessa.
Yllätykseni edistyy ja sain pari kaveria
mukaan. Hyvä tästä tulee.

Huhtikuu / 25

Tänään oli se päivä!
Heräsin ennen Huurretta ja toin hänelle aa-
mupalan sänkyyn. Uninen, hymyilevä ja sot-
kuhiuksinen Huurre on ehkä paras näky
maailmassa!
Tylsää, että hänen synttärinsä sattuivat
arkipäiväksi. Kävelimme kuitenkin käsi kä-
dessä kouluun ja kaikki hänen luokkalai-
sensa onnittelivat täysi-ikäistymisen joh-
dosta. Huurre katsoi minua hämmentyneenä.
Viaton ilmeeni ei mennyt läpi, joten juoksin
häntä karkuun tunnilleni. Yhden välitunnilla
söimme kahdestaan hänen lempiruokaansa,
eli täytettyjä voileipiä. En kyllä edelleen-
kään uskoisi sitä viralliseksi ruokalajiksi...
Iltapäivällä mentiin vanhempieni luo kah-
ville. Isä oli tehnyt kakun, ja äitikin leppy-
nyt. He keskustelivat vakavaan sävyyn
täysi-ikäisyydestä, vastuusta ja tulevaisuu-
desta. Huurre kertoi menevänsä kesätöihin.
Hän suhtautui ihmeen kärsivällisesti van-
hempiini! Niin hän tekee kyllä aina, mikä oli
ihailtavaa, sillä oma pinnani ainakin palaisi.

Illalla kun päästiin kotiin, oli minun lahjojeni aika. Minä olin kuin olinkin ostanut hänelle paidan, se oli käytännöllinen lahjani. Sitten annoin myös sen toisen: kovakantisen vihkon. Minä olin kirjoittanut sen täyteen omia rakkausrunojani, uusia ja vanhoja, niitä jotka olin kirjoittanut hänestä tai häntä ajatellen. Huurre halasi minua kyyneleet silmissään, mutta minä käskin häntä etsimään suosikkinsa.

Huurre alkoi selata vihkoa, ja silloin paperi tipahti. Hän katsoi minua kysyvästi, kun noukin sen hänelle. Hän taittoi paperin, kirjallisen lupalapun allekirjoitusajankohtineen vuokrasopimuksen muuttamisesta hänen nimiinsä, auki ja seuraavaksi tippui vihko. Sillä hetkellä hänen ilmeensä oli maailman paras asia.

Huhtikuu / 27
Lisää iloisia uutisia! Huurre on saanut kunnian olla Lukaksen kummi. Minä olisin päässyt kummiksi jos olisin rippikoulun käynyt... Oli kyllä kesällä muutakin tekemistä. Kuitenkin olen iloinen tästä käänteestä. Jesjes. Elämä hymyilee!

Toukokuu / 7
Tässä kuussa on luvassa pari koetta ja esseetä ja päättötyötä. Sitten TET, sen jälkeen luokkaretki ja lopulta VAPAUS. Tai en siitä vapaudesta tiedä, Huurre aloittaa kesätyönsä

käytännössä heti ensimmäisen lomaviikon alettua ja minäkin olen lupautunut auttamaan Johannaa.

Toukokuu / 10

Tämä kämppä on nyt virallisesti Huurteen nimissä ja hän saa huolehtia kaikista asioista ihan itse. Me kuitenkin asumme tässä yhdessä, joten täytyy vähän miettiä talousasioita. Vuokraan kuuluu vesi ja sähkö, joten niistä ei mitään hätää. Vuokraa varten on kyllä paljon rahaa sillä säästötilillä, ruokaan samaten. Se säästötili ei kuitenkaan kestä loputtomiin.

Minäkin saan joka kuukausi omat lapsilisäni käteen ja sillä maksetaan yleensä suurin osa ruuasta. Me kummatkin kyllä kulutamme niin vähän! Tänä kesänä Huurre menee kauemmaksi töihin, hän on kolme viikkoa toisella paikkakunnalla. Sieltä saa paremman palkan kuin täältä koko työkuukaudesta. Hän kyllä joutuu raskaisiin töihin ja joudumme olemaan erossa toisistamme, mutta sellaisia uhrauksia elämisen eteen on vain välillä tehtävä. Minä kai sitten vain löhnystän sen ajan kotona, tai Johannan luona. Sovimme nimittäin, että autan Johannaa heidän muuttonsa järjestelyssä. Hän muuttaa kesän aikana pois täältä! Heinäkuulle suunnittelimme Huurteen kanssa hetken ihan oikeaa lomailua. Tuskin me kovin kauas lähdemme, mutta ainakin

otamme rennosti. Sitten mansikanpoimin-
taan! Jos olemme ahkeria, voimme tienata
ihan sievoisen summan. Loppukesästä pitää-
kin sitten ostaa kirjoja lukiota varten. Koti-
porukat kustantavat omani, ja eivätköhän
marjarahat riitä Huurteen kirjoihin. Kyllä
me pärjäämme. Eikä unelmia unohdeta,
vaikka arki painaa päälle!

Toukokuu / 15
Kirjastoviikko on paras viikko. Minulle so-
pivin TET-paikka koskaan! Saan päivät jär-
jästellä kirjoja ja kirjoja, niitä on kaikkialla!
Maanpäällinen taivaani!
Iltaisin sitten otan valokuvia Huurteesta
ja katselen aurinkoa. Ja tietysti me kuunte-
lemme musiikkia, mitäpä muutakaan teki-
simme.

Toukokuu / 24
Tänään soi: Grimes – Art Angels, eikä mi-
nua ei edes kaduta olla kuumeessa luokka-
retkipäivänä (joka kuitenkin siunautui haja-
naisuudestamme huolimatta). Tuskin jään
paljosta paitsi!
Yläaste on pitänyt sisällään monenlaisia
vaiheita, joista puoliakaan en nyt edes
muista. Kolme vuotta on kuitenkin kulunut
ihmeen nopeasti! Onneksi pääsen elämäs-
säni eteenpäin, vaikka samat sorsathan ne
lukioonkin rantautuvat. Tuskin kesän aikana
aivomme aktivoituvat lukiolaistasolle niin,

että lukuvuoden ensimmäisenä päivänä olemme kaikki kohteliaita intellektuelleja...

EPÄSOPIVAT

"Meissä on hyvin paljon samaa,

miksemme me koskaan tapaa?"

Se talvi ja alkukevät olivat suoranaista helvettiä minulle. Olin pitänyt sisälläni paljon suuria, kipeitä asioita ja olin musertua yksinäisyyteeni. Ei kukaan koulussa varmaan huomannut suruani, sillä osasin piilottaa sen. Eivätkä minun asiani muita oikein kiinnostaneetkaan, olin edelleen vain se hiljainen ja omituinen tyttö. Vapaaehtoisesti en kertonut kenellekään mitään, mutta kotiin tullessani lysähdin lattialle itkemään. Minä en ihan oikeasti enää halunnut elää! Alaluokilla olin ollut suosittu, mutta viidennellä luokalla minua oli alettu kiusata. Ehkä olin liian erilainen. Kiusaamiseeni suhtauduttiin olankohautuksilla ja sitä vähäteltiin. "Pojat ovat poikia" ja rakkaudesta se hevonenkin potkii. Ei minua nyt enää yläasteella varsinaisesti kiusattu, mutta aiemmat vuodet olivat muuttaneet minua. Olen nykyään ujo ja hiljainen, hiukan eristäytynyt. Onhan meillä se iso kaveriporukka johon mahtuu monenlaista eläjää, mutta tunnen itseni aina hiukan ulkopuoliseksi.

Maaliskuun alussa olin jotenkin onnistunut kasaamaan itseni. Elämä jatkui ja aloin kiinnittää enemmän huomiota ympäristööni. Koulussamme oli koko peruskoulu ja vielä lukiokin samoissa tiloissa, joten monenlaista kulkijaa riitti. Minun oli vain osattava avata silmäni.

Se taisi olla tiistai ja minulla oli äidinkielen kotitehtävät tekemättä. En yleensä unohtanut velvollisuuksiani, mutta vahinkoja sattui. Minulla oli siis vain yhden välitunti aikaa kursia kokoon jotakin mielenkiintoista sanottavaa scifistä.

– Sara hei, tuo yksi huuhkaja katselee sinua.

Marian sanat herättivät mielenkiintoni. Niin kuka, ja missä? Maria ohjasi katseeni nurkkapöydän lukiolaiseen. Ai, se oli se kengännauhatyyppi!

Viikko takaperin tuntematon lukiolaispoika oli tullut istumaan samalle penkille kanssani sitoakseen kengännauhansa. Ei hän ollut sanonut mitään, sitonut vain ne kengännauhansa kaikessa hiljaisuudessa ja lähtenyt sitten paikalta. Tapaus oli jäänyt naurattamaan kavereitani, mutta minä olin suhtautunut siihen neutraalisti. Ehkä muualla ei vain ollut ollut paikkoja vapaana.

Nyt se sama tyyppi kuitenkin vilkuili minua, ainakin jos oli tarkkasilmäistä Mariaa uskominen. Kengännauhatyyppi oli oikeastaan aika tyylikäs, vaikka muut kutsuivatkin häntä ei-niin-maireilla nimillä. Minusta hänen pörröiset, kurittomat kiharansa olivat kuitenkin hienot. Siellä nurkkapöydässä istuessaan poika näytti jotenkin niin tavattoman yksinäiseltä ja eksyneeltä. Miksen ollut huomannut häntä aiemmin?

Vaikka muut suhtautuivat häneen hiukan vaivaantuneesti ja välttelivät häntä parhaansa mukaan, kengännauhatyyppi jäi kiinnostamaan minua. Hänen näkemisensä sai arvoituksellisen hymyn huulilleni, ja se jos mikä oli harvinaista siihen aikaan.

– Kuka hän on?

– Huurre? Etkö ole aiemmin huomannut? En ollut, mikä ihmetytti itseänikin. Kengännauhatapauksen aikaankin olin suhtautunut häneen kohtalaisen välinpitämättömästi. Huurre kyllä olikin aika huomaamaton ja suodattui näkökentästä pois helposti, kenties tarkoituksella.

Mutta hän oli tyylikäs! Ja hänellä oli kiva nimi. Hänestä oli pakko ottaa selvää!

-

"Elisa soitti minulle tänään. En jaksanut kuunnella hänen juttujaan, olen kyllästynyt tähän. Toivoin pääseväni eroon heistä pois muuttaessani, mutta näköjään he eivät anna periksi. Minä kuitenkin haluan olla oma, erillinen persoonani, enkä vain yksi perheestä. En enää.

Sara on muuttunut. Hän ei ole enää niin jähmeä kuin ennen, vaan käyttäytyy hiukan eloisammin. Hän todella seuraa keskusteluja ja tarkkailee ympäristöään. Ja hän on jopa hymyillyt pariin otteeseen! Kiva nähdä, että hänellä menee hiukan paremmin kuin ennen."

2

Saatana, on ilmaantunut ongelma.
Hullaannun aika helposti, jos vain löydän
sopivan tyypin. Niitä tyyppejä vain on aika
harvassa. Yleensä joku on ihastunut minuun
ja piirittänyt minua kunnes kyllästyy. Ihme
kyllä Toinen ei kyllästynyt ja minä annoin
lopulta periksi, mutta siinä tilantessa ei ole
samoja elementtejä kuin tässä. No joka ta-
pauksessa, uskallan väittää että hullaantues-
sani olen tajuttoman rasittava.
Puhun ihan liikaa; koko ajan pitää olla
selittämässä jotain turhaa. Ja puheeni koskee
yleensä enemmän tai vähemmän kyseisen
hullaantumisen kohdetta. Hymyilen, nauran
ja olen täysin hillitön tai sitten olen aivan
alamaissa ja hermoromahduksen partaalla.
Ja koko ajan täytyy olla liikkeessä, ei saa
pysähtyä hetkeksikään. Pääkin käy ylikier-
roksilla eikä hullaantumiselle mahda mitään.
Jos ruvetaan ajattelemaan tätä järjellä,
ehkä on hyvä että hullaannun. Olen ollut
huonona Sen Murhenäytelmän jälkeen ja on
tervettä saada uutta ajateltavaa. Hullaantues-
sani olen yleensä onnellinen ja pistän elä-
mäni uusiksi. Tämä on suojakeino, uusi lää-
kitykseni.
Että terveisiä vaan Huurteelle.

-

*"Saran näkeminen aiheuttaa ristiriitaisia
tunteita. Tänäänkin hän tanssahteli*

käytävällä ja hyräili jotakin kappaletta. Hän on ollut niin eloton koko lukuvuoden alun, että ensireaktioni oli ilo hänen puolestaan. Toisaalta hänen onnensa saa minut muistamaan oman tilanteeni. Onkohan hän löytänyt poikakaverin vai mistä nyt tuulee?

Minä en tule koskaan löytämään ketään. Olen kyllä ihastunut useastikin, mutta jokainen ihastumiseni on ollut pelkkää yksipuolista kuvitelmaa. Tiedänhän minä etten ole komeaa nähnytkään, mutta viimeinenkin itseluottamukseni on alkanut pikkuhiljaa karista pois. Olen saanut nenilleni aivan liian useasti ja tänne tullessani vannoin etten ihastu keneenkään. Totuuden paljastuessa vain sattuu liikaa ja huomaan eläneeni pelkässä kuplassa.

Ensimmäisen kerran kuulin vain hänen äänensä. Sara oli pitämässä aamunavausta keskusradion kautta, luki joitakin runoja. Hänellä oli miellyttävä ääni ja hän oli kuin synnynnäinen tarinankertoja. Vasta myöhemmin osasin yhdistää äänen ja kasvot, ja se oli menoa sitten. Hän oli kaunis; ei sellaisella tavanomaisella tavalla, hänessä vain oli sitä jotakin. Hän oli omaperäinen, mutta ei väen vängällä yrittänyt erottua joukosta. Taisin ihastua häneen jo ennen joulua.

Mutta joulun jälkeen hän ei ollut enää sama ihminen. Hän oli leikannut hiuksensa olkamittaan ja vaikutti jotenkin jähmeältä. Hän käyttäytyi pelottavan neutraalisti; ei

enää innostuneita puhetulvia tai pientä voi-
tontanssia. Hänen silmistään välkkyi välillä
suru, joskus hän vaikutti jopa vihaiselta.
Hän oleskeli kavereidensa kanssa kuten en-
nenkin eikä kukaan näyttänyt huomaavan
muutosta. Minne tahansa hän menikin, hän
kantoi aina pientä vihkoa mukanaan ja raa-
pusteli siihen aina välillä jotain. Hän oli
eristäytynyt ja ulkopuolinen, vaikka esittikin
jotain muuta. Ja hän oli jotenkin eloton,
zombi.

Vaikutan varmaan pahalta ihmiseltä, kun
sanon tämän, mutta hänen surunsa antoi mi-
nulle toivoa. Oliko täällä joku toinenkin ul-
kopuolinen? Olin aina luullut olevani ainoa
omituinen ja hyljeksitty, mutta tunnistin
kyllä kohtalotoverin. Yritän kuitenkin par-
haani mukaan torjua ajatuksen tästä. Toivo
tappaa hitaasti mutta varmasti, varsinkin
silloin kun toiveet eivät tule toteutumaan.

Hänellä on muuten hyvä musiikkimaku,
jos on hänen paitaansa uskominen. Ei ku-
kaan The Smithsiä kuunteleva voi olla lä-
peensä paha..."

-

Onneksi olkoon Sara, olet onnistunut hul-
laantumaan tuntemattomaan lukiolaiseen ja
kaikki ovat varmaan huomanneet sen!

Kaverit ovat alkaneet huomautella mi-
nulle jokaisesta Huurteen liikahduksesta
(ihan kuin en itse huomaisi). Aluksi he

olivat aika kauhuissaan huomatessaan mielenkiintoni, Hetakin melkein purskautti maidot nenästään kuultuaan minun puhuvan hänestä. Ei kukaan oikein pitänyt Huurteesta. Mutta ainakin Tuulia oli ajan tasalla.

– Turha tässä on mitään naureskella, Huurre ja Sara ovat hyvin samankaltaiset, molemmat jotenkin erilaisia meihin muihin verrattuna. Hehän sopisivat hyvin yhteen tai ainakin heistä voisi tulla hyvät ystävät, Tuulia selitti muille.

Alkoi pakostakin hymyilyttää ja toivon todella, että Tuulia olisi oikeassa.

Toisaalta taustalla kytee pelko omasta riittämättömyydestäni. Saakeli, minähän olen vasta kahdeksannella luokalla, hädin tuskin 15 täyttänyt! Hän on minua kaksi vuotta vanhempi ja paljon tyylikkäämpi. Varmasti täältäkin lukiosta löytyisi joku hänelle sopivampi, joku hänen arvoisensa. Miten olisi se laulajatyttö? Tai se kiharapäinen valokuvaaja? Miksi Huurre muka aina tyytyisi johonkuhun tekotaiteelliseen pikkukakaraan kun on parempiakin tarjolla? (Ei hän se Toinenkaan loppujen lopuksi...)

Jokaisella kolikolla on kääntöpuoli ja tiedän, että tästä hullaantumisesta seuraa paljon itkua. Mutta vielä ei ole aika itkeä, tässä vaiheessa tahdon uskoa sokeasti kaikkeen, katsella häntä ja tanssahdella ympäriinsä. Eikun vaan The Smiths soimaan taustalle, I

want the one I can't have tai jotain sem-
moista sopii varmaan tähän tunnelmaan.

Ai, unohdinko mainita että olen lähes sai-
raalloisen ujo? Voin kyllä jutella kavereil-
leni ja muille tuttaville, mutta tuntematto-
mien kohdalla tulee täysi stoppi. Jo opetta-
jien tervehtiminen ottaa voimille ja kaupassa
asiointi on lähes ylivoimaisen hankalaa. Ja
miksikä pohdin tätä juuri nyt? Koska Tuulia
sanoi, että minun pitäisi tehdä jotain Huur-
teen suhteen eikä vain jäädä ihailemaan
häntä kaukaa. Kuulema on aika selvää, että
Huurre on kiinnostunut minusta, sillä hän-
hän sen vilkuilun aloitti.

Olen nykyään usein iloinen ja hymyilevä,
mutta silti sisältä ihan rikki. Yritän peittää
kaikki pahat asiat iloisuuden alle ja etsin
väen vängällä iloisia asioita. Jos pysähdyn ja
alan miettimään asioita kunnolla, hajoan
helposti. (ihan liian helposti.)

Ujouteni takia en kykene tekemään mitään
Huurteen suhteen, mutta toisaalta voisin
ryhtyä hilpeäksi. En ajattelisi yhtään, toimi-
sin vaan. Mutta sitten saattaisi paljastua, että
kaikki – hänen katseensa – olivat vain pelk-
kää mielikuvitustani ja turhaa toivoa, mistä
viimeistään seuraisi hajoaminen. Hajotan it-
seni myös jos en tee mitään, joten tämä on
pulmallinen asia. Minun pitäisi ensin nähdä
totuus, tai sitten hänen pitäisi tehdä aloite.

Ainahan voin kuunnella rakkauslauluja ja kuvitella Huurteen ajattelevan minua niitä kuunnellessaan. Mutta tietenkin tämä on vain kuvitelmaa ja sekin hajottaa. Saatana.

-

"Tänään tapahtui jotain todella omituista. Olin yksin alakerrassa viettämässä hyppytuntia, kun Benjamin tuli luokseni.
– Terve. Mitäs kuuluu?
Mumisin jotain myönteistä ja Benjamin alkoi jutella jostain turhanpäiväisestä. Tässä oli nyt jotain outoa tekeillä, sillä ei hän ennen ollut tullut noin vain puhelemaan.
– Tykkäätkö Sarasta?
Yhtäkkinen suora kysymys yllätti. Oliko tämä jokin jekku? En kyennyt vastaamaan mitään, katsoin vain Benjaminia kauhuissani.
– Kuule, tämä on tärkeää. Sara on ihan lääpällään suhun, se ei enää muusta puhukaan.
– Mistä sinä tiedät?
– Tunnen Tuulian, sen Saran kaverin. Sun pitäisi tehdä jotain ennen kuin alamäki alkaa.
– Alamäki? Mitä tarkoitat?
– Tässä on Tuulian numero, laita sille viestiä.
Benjamin ojensi minulle pienen paperinpalasen ja lähti sitten takaisin yläkertaan.
Olin hyvin hämmentynyt. Sara tykkäsi minusta? Minun piti tehdä jotain? Mitä? Ja

miksi ihmeessä Tuulia ja Benjamin sekaan-
tuivat tähän? Sujautin lapun laukkuuni ja
päätin selvittää asian myöhemmin. Ensin oli
aika laittaa Mew soimaan ja toivoa parasta.

Tuijotin kelloa. Se näytti kuutta.
   Olen miettinyt asioita. Minä ihan oike-
asti pidän Sarasta, olen jo pitkään pitänyt.
En vaan mitenkään kyennyt osoittamaan
sitä, sillä pelkäsin torjuntaa. Olin vain kat-
sellut häntä kuukausia ja yrittänyt päästä
selville hänen ajatuksistaan. Ilman merkittä-
viä tuloksia. Ehkä oli aika toimia.
   Otin puhelimeni ja tallensin Benjaminin
antaman numeron.
   "Tuulia? Täällä Huurre, Benjamin käski
laittamaan sinulle viestiä."
Olin hiukan kauhuissani ja käteni hikoilivat.
Frengers soi taustalla, mutta se ei nyt paljoa
auttanut.
T: "Moi! Vaikututat mukavalta tyypiltä ja
sen takia uskallan kysyä sulta tämän. Tyk-
käätkö Sarasta?"
Miten tähän voi vastata? Entä jos tämä on
vain keino nöyryyttää minua? "Tykkään."
T: "Kuule, Sara tykkää susta myös. Se ei
vaan koskaan pysty sanomaan sitä ite. Sillä
on ollut aika vaikeaa ja sun pitäisi tietää
pari asiaa."
   Tuulia alkoi kirjoittaa ja pikkuhiljaa
asiat selkenivät.

Saralle oli tapahtunut jotain talvelle, aivan kuten olin aavistellutkin. Tuulia, tai kukaan muukaan, ei tarkalleen tiennyt mitä, mutta Sara oli muuttunut sen jälkeen. Kukaan ei oikein saanut enää häneen yhteyttä ja tyttö alkoi eristäytyä.
T: "Huomattiin kyllä heti, kun se ihastui sinuun. Virkistyi ja alkoi nauramaan. Kuulisitpa miten se puhuu susta! S on vaan niin herkkä ja ahdistuu helposti. Se kaipaa jotakuta joka ymmärtää ja vaikka me yritetään parhaamme, S on jopa meidän porukassa hiukan ulkopuolinen. Te vaikutatte olevan samalla aallonpituudella, joten sä ehkä voisit auttaa sitä."
Tuntui niin pahalta Saran puolesta. Samalla kuitenkin olin hiukan onnellinen, sillä minulla näköjään oli kuin olikin toivoa.
Mutta mitä minä voisin muka tehdä?
T: "Sara arvostaa sua todella paljon. Juttele sille. Tutustukaa. Älä kuitenkaan vitkuttele liian pitkään, musta tuntuu että hänen ahistuksensa on palaamassa."
Tässä vaiheessa minä todella itkin. Tämä oli totta. Sara piti minusta. Ja minun oli autettava häntä. En kyllä itsekään ollut mikään maailman ehjin ihminen, mutta ehkä voisimme täydentää toisiamme."

4

"Tuulia olisi tahtonut antaa minulle Saran numeron, mutta hän ei tiennyt sitä. Sain

sentään selville hänen instagram-tilinsä. Se-
kin oli yksityinen, mutta Sara sentään hy-
väksyi minut seuraajaksi. Koulukavereitaan
hän ei ollut hyväksynyt, ja huomasin pian
miksi. Hän ei paljon kultakehyksiä kuviinsa
laittanut, mutta ei halunnut läheistensä tie-
tävän asioiden todellista laitaa.

Minulla on oikeastaan toiveikas olo,
mutta samalla omat puuhani oksettavat mi-
nua. Mitä pyhimystä minä nyt leikin? Kuvit-
telenko minä todella pystyväni "pelasta-
maan" hänet? Miksi me kieroilemme hänen
selkänsä takana? Ja mitä minun oikeasti pi-
täisi kyetä tekemään? Minä todella pidän
hänestä, mutta pelkään kaiken romuttuvan
ennen kuin mikään on edes alkanutkaan."

—

Olin tukehtua kahviini kun huomasin uuden
ilmoituksen instagramista. Huurre. Va-
pisevin sormin hyväksyin hänet seuraajaksi.
Pian tämän jälkeen Huurre tykkäsi kuvis-
tani, joka ikisestä.

Olen onnistunut painamaan mieleeni
Huurteen ulkomuodon, ja huomaan mietti-
väni häntä alituiseen. Lysähtäneitä hartioita
ja harmaita silmiä. Niitä pörröisiä hiuksia,
joita olisi kiva silitellä. Neutraaleja, mutta
tyylikkäitä vaatteita. Hänen hidasta ja varo-
vaista kävelytyyliään. Vaaleita käsivarsia,
jotka välillä pilkahtavat esiin pitkähihaisen
alta. Hänen tapaansa nostaa housuja sopivan

huolettomasti. Sitä, kuinka hän pörröttää hiuksiaan pohtiessaan jotakin. Hänen harvinaista hymyään, joka lämmittää sydäntäni enemmän kuin mikään muu tässä maailmassa. Reikää vasemmassa sukassa ja kulunutta reppua, joka lojuu aina jollakin penkillä hänelle paikkaa varaamassa. Hän on kaikessa rikkonaisuudessaan täydellinen. Täydellinen.

Mutta hän ei ole osoittanut minkäänlaista mielenkiintoa minua kohtaa, jos sitä seurauspyyntöä ei lasketa. Viikkokaudet olen pitänyt suurta ääntä, nauranut ja tanssinut käytävillä, juoksennellut hänen ohitseen lakkaamatta. En ole huomannut hänen edes kunnolla katselevan meikeläistä! Hän vain vilkuilee salavihkaa, ja olen varma, että hän vilkuilee kaikkia muitakin.

Tuulia ei kuitenkaan ole luovuttanut. Hän jaksaa jauhaa minulle Huurteesta ja kannustaa minua toimimaan. Hän on aivan varma, että tässä on jotakin meneillään. Olisipa hän oikeassa.

Argh, toistan itseäni. Mutta elämäni oikeastikin kiertää kehää. Ei mitään uutta tapahdu. Menen kouluun, olen äänekäs ja tarkkailuasemissa, saavun kotiin, kuuntelen musiikkia ja itken yksinäisyyttäni. Samat ajatukset vellovat päässäni päivästä toiseen. Aina turvaudun terään. Mietin elämääni, mietin sitä kuollutta toista, mietin kohtaloa,

mietin Huurretta. Pirstaloidun ja olen hetki
hetkeltä lähempänä hajoamista.

5

Tänään on kotibileet Jessican luona. En
yleensä harrasta juhlimista, mutta tytöt pa-
kottivat lupaamaan että tulisin paikalle. Jes-
sica on se yhdeksännen luokan oppilas, joka
seurusteli jonkun täysi-ikäisen kanssa. He
järjestivät aina "parhaimmat bileet". No,
eipä tällä kylällä muita juhlia ollutkaan ellei
halunnut löytää itseään alakoululaisten me-
hudiscosta tai terveyskeskuksen mummu-
koiden hautajaisista.

Kellon näyttäessä puoli yhdeksää olen
valmiina lähtöön. Kuten aina, näytän vain
joltakin nuhjuiselta hipsteriltä. Juhlan kunni-
aksi olen sentään laittanut uuden Catfish and
the Bottlemen –t-paitani. Catb on rakkaus, ja
ehkä rakkaudessa rypeminen antaa hiukan
itsevarmuutta. Tyylikkäitä tyyppejä muistel-
lessa!

Jessican poikaystävä asui isossa omakotita-
lossa kaupungin laitamilla. Mökästä päätel-
len juhlat olivat jo käynnissä. Puolituttuja
ihmisiä notkui siellä täällä ja aloin pitää tätä
hyvin huonona ajatuksena. Liikaa ihmisiä!
– Sara, siinähän sinä olet!
Näen Marian harppovan minua kohti.
Hänellä on liikaa huulikiiltoa ja todella lyhyt

mekko. Mikään ei kuitenkaan estä hänen intoaan.

– Mahtavat juhlat! Tule nyt, me odoteltiin sua jo.

Maria johdattaa minut sohvan luo, missä osa porukastamme istuskelee. Bileisiin on vain harva meistä raahautunut, sillä isosta porukastamme suurin osa on ns. kilttejä tyttöjä. Heta, Kaisa ja Johanna keskustelevat keskenään, Vilma on syventynyt pussailemaan poikaystävänsä kanssa. Musiikki soi hiukan liian kovalla, enkä edes pidä siitä. Bileet eivät todellakaan ole juttuni, viihtyisin paremmin kotona hyvän musiikin parissa. Maria katoaa väkijoukkoon hakemaan meille juomista ja minä jään siihen yksin keskelle kaikkea. Väistämättä How soon is now alkaa soida päässäni ja tilanteen outoudesta johtuen minua alkaa naurattaa. Jospa tästä illasta jotakin tulisi.

-

"Kotiporukat listisivät minut jos saisivat tietää minun olevan täällä. Kotibileet ovat paheellisia; päihteitä, seksiä ja jumalatonta musiikkia riitti, puhumattakaan siitä kaikesta vääränlaisesta elämänkatsomuksesta jota pelkkä bileisiin päin hengittäminen välitti. Niin Elisa sanoisi ja oikeastaan jo pelkkä läsnäoloni tuotti jonkinmoista tyydytystä, vaikken mitenkään erityisesti olostani nauttinutkaan.

Puhelimeni piippasi ja huomasin Tuulian laittaneen viestin.

T: "Oletko sä Jessicalla? S on siellä jossain, nyt olis tilaisuus!"

En vaivaantunut vastaamaan, mutta aloin tarkkailla ympäristöäni. Hän oli täällä jossain.

Ei mennyt kauan löytää häntä, sillä kukaan muu ei ilmestyisi bileisiin harmaassa villatakissa. Sara näytti sotkuiselta ja surulliselta siemaillessaan juomaansa. Toivoin todella, ettei juoma sisältänyt mitään alkoholipitoista. Hänen maantienvaaleat hiuksensa olivat auki ja housuissa reikiä, tyylisyistä. Villatakin alta pilkotti kuvio, josta ei voinut erehtyä. Hymy nousi huulilleni ja suunnitelma muodostui päässäni. Minun olisi löydettävä Benjamin."

-

Säpsähdin ja melkein läikäytin juomani kun tunnistin kappaleen alkutahdin. Hetken epäilin kuuloani, mutta sitten tunnistukseni vahvistui. Se todella oli Oxygen! Catfish and the Bottlemen soi pienen kyläpahasen kuppaisissa kotibileissä.

Nousin sohvalta ja kipitin käytävälle. Tämä mysteeri oli selvitettävä! Missähän täällä oli tiskijukka? Suuntasin kohti yläkerran isoa oleskelutilaa. Väistelin päihtyneitä nuoria ja nousin portaita ylös nopeasti. Oli pakko hymyillä. Catfish and the Bottlemen, ajatella!

Matkani katkesi portaiden keskivaiheilla. Törmäsin vastaantulevaan poikaan, mumisin anteeksipyynnön ja olin jo jatkamassa matkaani kun poika kutsui minua nimeltä. Nostin katseeni ja huomasin tuijottavani Huurteen harmaisiin silmiin.

– Ai, hei. Sinäkin olet täällä.

Huurre puhui minulle. Ensimmäistä kertaa koskaan. Olin kuolla hämmennykseen.

– Juu. Oli pakkoa tarkistaa kuulenko oikein. Catb ei yleensä tällä kylällä kuulu.

Huurre katsoi paitaani ja hymyili. – Valitettavasti. The Ride on ihan pirun hyvä albumi.

– Kuunteletko sinäkin?

– Kyllä vain. Mikä on lempikappaleesi?

– Älä pakota valitsemaan, rakastan koko tuotantoa...

6

Olin odottanut illasta katastrofia, mutta yllättävä käänne muutti kaiken.

Huurre oli jäänyt juttelemaan musiikista kanssani, ja siinä se ilta oli sitten vierähtänytkin. Huurre paljastui suureksi musiikki-intoilijaksi ja tiesi kaikki lempibändini! Ikivanhat bilehitit suodattuivat pois kuulostani kun seurasin tarkasti Huurteen puhetta.

Huurre oli ihana. Hänen seurassaan unohdin nopeasti yksinäiset illat kaikkine ahdistuksineen. Ja ihme kyllä, kaikesta hämmentyneisyydestäni huolimatta onnistuin olemaan muutakin kuin kummitus.

Ehkä sillä juomalla oli jotain tekemistä hilpeyteni kanssa.

Kymmenen maissa Johanna liittyi seuraamme. Hän ei ainakaan ollut nauttinut mitään ylimääräistä vaan hänen järkensä leikkasi viiltävän terävänä.

– Sara? Haluatko kyydin kotiin?

Näin Huurteen vilkaisevan minua varovasti ja päätin ottaa riskin. Kotiin olisi reilun kilometrin matka.

– Taidan kävellä mieluummin.

Johanna katsahti Huurteeseen ja sitten takaisin minuun.

– No, nähdään sitten koulussa.

– Nähdään!

Johanna pujoteltua pois paikalta hymyilin Huurteelle.

– Ehkä sinun olisi pitänyt lähteä. Yöt ovat kohtalaisen viileitä vielä, hän totesi.

Kohautin hartioitani. – Enköhän minä selviä sitten kun lähdön aika koittaa.

Kysyin vielä hänen mielipidettään Radioheadista, mutta tunnelma oli kadonnut. Jotakin oli mennyt rikki.

-

"Tätäkö Tuulia oli tarkoittanut puhuessaan alamäestä? Aluksi Sara oli keskustellut vilkkaasti ja innostuneena, mutta sitten taas vetäytynyt kuoreensa.

Ei kulunut kymmentäkään minuuttia hänen kaverinsa lähdön jälkeen, kun Sarakin alkoi tehdä lähtöä. Uskaltaisinko lähteä samaa matkaa hänen kanssaan? Se saattaisi olla hiukan liikaa. En jaksaisi kuunnella seuraavalla viikolla juoruja asiasta, vaikka halusinkin lähteä. Annoin kuitenkin Saralle puhelinnumeroni ja sanoin, että keskustelisin mielellään hänen kanssaan toistekin. Sitten hän vain lähti.

Minun olisi pitänyt olla onnellinen. Olin juuri puhunut Saralle, kaikki oli hyvin. Ensiaskel oli otettu. Kuitenkin Tuulia sanat kummittelivat mielessäni ja huolestuneisuuteni nosti päätään. Olisiko minun pitänyt lähteä hänen kanssaan? Entä jos jotakin pahaa tapahtuisi?"

-

Heräsin lauantai-iltapäivänä pienoiseen päänsärkyyn. Uni oli maistunut hyvin ja mietin mitäköhän Maria oli mahtanut siihen juomaani sekoittaa. Ei hänestä koskaan tiennyt. Onneksi vanhempani eivät olleet huomanneet mitään tavanomaisuudesta poikkeavaa.

Koko lauantain tuijotin sitä pientä paperinpalaa. Huurre, siinä luki ja sen alla oli siisti rivi numeroita. Ehkä pitäisi laittaa joku viesti? Pitäisi, pitäisi, pitäisi. En kuitenkaan kyennyt. Entä jos kaikki sittenkin olisi valhetta ja hajoaisin?

Kertasin illan tapahtumia päässäni. Huurteella oli kiva ääni, jota en kuitenkaan osannut kuvailla. Hän oli näyttänyt jopa hiukan tavallista tyylikkäämmältä, vaikkei ollut pukeutunut mitenkään erityisesti. Ja ne hiukset olivat olleet niin auttamattomassa pörrössä että hiukan naurattikin. Huurre oli ihan oikeasti puhunut minulle! Minun oli edelleen hankala hengittää! Niin paljon oli tapahtunut, mutta silti olin odottanut jotakin enemmän.

Jotenkin tuntuu samalla tavalla onnettomalta kuin aiemmin. Tyhjältä. Olen musertua, mutta silti haluaisin visertää. Ristiriitaista. "I know, I know / It's difficult, difficult, different / I know, I know."

7

"Sarasta ei lauantaina kuulunut mitään. Oikeastaan odotin vain hermostuneena hänen viestiään, mutta pikkuhiljaa aloin luovuttaa. Toisaalta ehkä hätäilin liikaa, sillä eihän sitä nyt koko ajan tarvitsisi olla juttelemassa. Silti kadutti etten ollut pyytänyt hänen numeroaan. Mielikuvitus laukkasi hiukan liian villinä ja olin jatkuvasti varuillani.

En kuitenkaan tarpeeksi varuillani.

Sunnuntaina ovikello soi puoli kymmeneltä. Menin haukkana avaamaan, sillä jostain syystä toivoin Saran selvittäneen osoitteeni.

Kaduin kuitenkin varomattomuuttani näh-
desssäni tulijan.

Elisa seisoi oveni takana tummassa takis-
saan.

– Missäs sitä on pyöritty? kuului tiukka ky-
symys.

Tunsin olevani heti alakynnessä. Hän tuijotti
minua tarkasti ja mietin miltä mahdoin näyt-
tää hänen silmissään. Huolimattomalta?
Hiukseni olivat pahassa sotkussa, eikä hän
pitänyt siitä. Vaan mistäpä hän pitäisi.

– Mitä sinä täällä teet? älähdin.

Olin hiukan kauhuissani ja vihainen. Minä
olin jo lähtenyt, ei heillä enää ollut oikeutta
puuttua elämääni!

– Tulimme hakemaan sinua kirkkoon. Kam-
paa hiuksesi niin lähdetään.

Vedin oven nopeasti kiinni hänen ne-
nänsä edestä ja laitoin vielä turvalukonkin
paikoilleen. Sitten lysähdin lattialle ham-
mastani purren. Tämä olisi hyvä hetki pa-
rille voimasanalle, jos niiden käyttöä har-
rastaisin.

– Huurre! Avaa ovi! Sinä olet vielä alaikäi-
nen, me maksamme elämäsi! Älä pelleile!

Oveen kolkutettiin ja vanha kauhu alkoi hii-
piä luokseni. Elisa jatkoi papatustaan ja
minä pakenin keittiöön.

Puhelimeni alkoi soida. Ei kai hän vain
tiennyt uuden liittymäni numeroa? Olin
varta vasten vaihtanyt prepaidiin. Näytössä
vilkkui tuntematon numero. Oven takana oli

hiljaista, mutta tiesin Elisan olevan siellä edelleen. Ei hän luovuttaisi niin helposti. En uskaltanut vastata puheluun, ja hetken soituaan sekin hiljeni. Aloin muodostaa suunnitelmaa päästä ulos asunnostani ilman että hän huomaisi... Minä en palaisi takaisin "kotiin".

Toivoin todella, ettei Elisa hankkisi varaavaimia isännöitsijältä. Puhelin ilmoitti uudesta viestistä ja vapisevin sormin sentään avasin sen.

"Moi. Sara täällä. Oot kiva tyyppi, voitaisiin joskus kuunnella musiikkia yhdessä."

En ehtinyt edes ajatella mitään kun olin jo soittamassa hänelle".

-

Yllätyin suuresti kun huomasin Huurteen soittavan.

– Voisinko tulla heti käymään?

Säikähdin ajatusta. Olin kerännyt paljon rohkeutta sen viestin lähettämiseen, mutta ihan näin nopeita tuloksia en kuitenkaan ollut odottanut.

– Nyt hetikö?

– Mä olen pulassa.

Siltä Huurre kuulostikin, hätääntyneeltä. Jotain pahaa oli oikeasti tapahtunut.

– Osaatko Hirvitien risteykseen?

– Olen siellä viiden minuutin päästä.

Huurre lopetti puhelun ja minä vilkaisin ympärilleni. Hän tulisi käymään ja kaikki oli täällä kuin atomipommin jäljiltä.

Heitin lattialla lojuvat vaatteet kaappiin ja petasin sänkyni. Samperi, kello ei ollut vielä edes kymmentä! Kaiken lisäksi oli sunnuntai, mikä tarkoitti sitä että kaikki perheenjäseneni olivat kotona. Vedin kirppis-farkut jalkaani ja sutaisin hiukseni pikaiselle nutturalle. Pitäisikö minun laittaa kahvi kiehumaan jo valmiiksi? Aika kuitenkin tikitti koko ajan eteenpäin ja pidin parhaimpana ajatuksena lähteä risteykseen odottamaan häntä.

Ei minun tarvinnut odottaa risteyksessä kauaa, kun Huurre jo juoksi paikalle. Hän ihan oikeasti juoksi kuin koko kylä olisi ajanut häntä takaa. Hänellä oli ne samat vaatteet kuin perjantaina ja toinen kengännauha repsotti irti. Olikohan hän ollut pitkäänkin pakosalla?

– Onko tästä teille pitkä matka? hän kysyi ja huomasin hänen itkeneen.

– Tien päähän vain.

Huurre näytti helpottuneelta, mutta aloin itsekin kävellä hiukan nopeammin. Hän ei sanonut mitään, näytti vain niin säikähtäneeltä että minun oli pakko tarttua hänen käteensä. En hennonut kysyä mitään, sillä hän vaikutti olevan lähes hajoamassa.

Äiti oli keittiössä lukemassa lehtiä, niin keskittyneenä ettei huomannut meitä. Luuli kai minun tulevan aamukävelyltä. Päättelin ettei kukaan meistä tahtoisi esittelyhässäkkään juuri nyt, joten ohjasin Huurteen suoraan huoneeseeni.

– Haluaisitko kahvia tai jotain?

Huurre näytti eksyneeltä ja viitoin hänet istumaan pienelle sohvalleni.

– Anteeksi että olen näin outo. Kahvi kyllä kelpaisi.

– Ei se mitään, kerro sitten kun siltä tuntuu. Haen meille kahvia. Mustana?

Huurre nyökkäsi ja hiukan levottomin mielin jätin hänet huoneeseeni.

Kolistellessani kuppien kanssa äidinkin mielenkiinto heräsi.

– Mitä sinä nyt kahta kuppia puulaat?

– Kaverini Huurre tuli käymään. Me kuunnellaan musiikkia huoneessani.

Äiti näytti yllättyneeltä, en tiedä johtuiko se sunnuntaista vai siitä faktasta ettei kukaan olemattomista kavereistani käynyt meillä. Hänen katseensa kimpoili minun, kellon ja kahvikuppien välillä.

– Sepäs mukavaa.

Olisin nauranut äidin ilmeelle, ellei Huurre olisi ollut hermoromahduksen partaalla huoneessani.

Palatessani paikalle löysin Huurteen katsele-
massa levykokoelmaani. Hän punastui hiu-
kan, mutta minä vain hymyilin.

– Löysit aarteeni, naurahdin ojentaessani hä-
nelle kahvikuppia.

– Näitähän on ihan älyttömästi!

– Tykkään ostella musiikkia. Tuntuu joten-
kin todellisemmalta kuunnella cd-levyjä
kuin hyödyntää niitä kaikenmaailman suora-
toistopalveluja. Vinyyleihin en kuitenkaan
ole vielä haksahtanut, niin paljon ei rahaa
löydy tuhlattavaksi..

Pelkäsin höpöttäväni liikaa, mutta Huurre
vaikutti rentoutuvan.

Hetken vallitsi hiljaisuus, ei sellainen
vaivaantunut vaan rauhaisa. Kaikki oli oi-
kein. Sitten Huurre huudahti.

– Onko tämä alkuperäinen?

Hän nappasi hyllystä Mewin esikoisalbumin
ja katsoi sitä kuin maailmankaikkeuden suu-
rinta ihmettä.

– On! Pelastin sen tätini kaatopaikkakuor-
masta!

Huurre oli ällistynyt. Hä katsoi vuoroin mi-
nua ja levyä.

– Voidaanko kuunnella tätä?

– Tottakai.

Otin levyn häneltä ja laitoin sen soimaan.
Huurteen ilme oli edelleen näkemisen arvoi-
nen hänen palatessaan sohvalle.

Asetuin lattialle risti-istuntaan ja hämmente-
lin maitokahviani. Huurre näytti suloiselta ja

ahdistukseni oli kuin poispyyhkäisty. Hänen
läsnäolonsa oli kuin lääkettä.

-

*"Kaikki tämä vaikutti epätodelliselta. Sara
hymyili minulle ja minä istuskelin hänen
sohvallaan. Ehkä hän todellakin ansaitsi
kuulla totuuden.*
– Tiedätkö miksi muutin tänne opiskele-
maan?
*Sara pudisti päätään enkä minä voinut enää
jänistää.*
*– Pakenin perhettäni. He eivät hyväksy mi-
nua, eivät anna minun olla sellainen kuka
minun pitäisi olla. Yrittävät muokata ja sa-
malla estää minua parhaansa mukaan. En
minä heiltä piiloon pääse, välimatkaa on
vieläkin liian vähän. Olen rakentanut tätä
vähitellen, mutta alaikäisenä vanhemmillani
on päätösvalta kaikkeen. Vielä vuosi ja sit-
ten olen vapaa.*
– Voi Huurre...
*Sara hylkäsi kahvikuppinsa lattialle ja nousi
ylös. Hän tuli viereeni istumaan ja halasi
minua lujasti. Hän itki ja niin itkin minäkin.*
*Ei kukaan ollut halannut minua sitten pe-
ruskoulun päätösjuhlan. Ja hän tuoksuikin
niin pirun hyvältä."*

8

Huurteen tarina satutti minua, mutta samalla
olin kamalan otettu. Hän oli kertonut tämän

kaiken minulle, vain minulle. Kukaan muu
ei tiennyt tästä mitään.
A Triumph For Man ehti jo loppua ja
kahvinikin jäähtyä, kun minä vain halasin
häntä edelleen. En vain voinut päästää irti,
en enää nyt kun olin tajunnut hänen olevan
minuakin rikkonaisempi. Hänellä sentään oli
jotain mitä paeta, minä puolestani olin pyr-
kinyt vain toivottomasti juoksemaan jotain
kohti.
– Miten sinulla menee? Niinkuin oikeasti?
Huurre kysyi jonkin ajan kuluttua.
– Talvi on ollut aika kamala. Poikaystäväni
tappoi itsensä.
Totuus vain soljahti suustani ja Huurre
henkäisi järkyttyneenä.
– Meillä oli monimutkainen suhde josta ku-
kaan ei edes tiennyt mitään. Oltiin yhdessä
onnellisia, mutta sitten tapahtui kaikenlaista
pahaa. En ollut oma itseni sen jälkeen, mutta
parempaan päin olen menossa. On vain yk-
sinäistä.
– Ollaan me kyllä yksiä raukkaparkoja. Mo-
lemmat jotenkin epäsopivia tähän kuvaan,
Huurre sanoi hetken hiljaisuuden jälkeen.
Minun oli pakko hymyillä siinä vaiheessa.
Huurre oli aivan oikeassa.
Herkän hetkemme keskeytti tietenkin äi-
tini, joka avasi oven ilman pienintäkään en-
nakkoilmoitusta. En irroittanut otettani
Huurteesta tarpeeksi nopeasti ja äiti katsoi
meitä hämmentyneenä.

– Tuota.. Me lähdemme käymään mummin luona. Et taida nyt lähteä mukaan.

– Viekää terveisiä hänelle. Äiti, tässä on Huurre. Huurre, tuo tuolla on äitini Marja.

Huurre tervehti äitiä kohteliaasti ja äiti vain k a t s o i poikaa uteliaasti. Tästä seuraisi vielä paljon puhuttavaa.

– No, me tulemme sitten iltapäivällä takaisin!

Äiti jäi vielä hetkeksi katsomaan meitä ennen kuin laittoi oven kiinni. Sitten minä purskahdin nauramaan.

Talon tyhjennyttyä tunnelma hiukan vapautui. Annoin Huurteen päättää musiikin ja päädyimme kuuntelemaan Catfish and the Bottlemenin ensimmäistä albumia. Juttelimme tavallisista asioista ja opin hänestä paljon uutta. Hänkin piti historiasta! Aika kului kuin siivillä ja kellon näyttäessä kahta Huurre alkoi tehdä lähtöä.

– Kuule, ei sun ole pakko lähteä jos et halua. Kertomus piinaavista vanhemmista kummitteli edelleen mielessäni, mutta Huurre vain hymyili.

– Kyllä minä nyt menen. Eivät he siellä enää ole.

Saatoin Huurteen ovelle asti. – Voit laittaa viestiä aina kun haluat.

Huurre halasi minua lähtiessään ja kiitti kaikesta. Olin taas itkun partaalla. – Olet suloinen, kuiskasin vielä hänen loittonevalle

selälleen. En tiedä kuuliko hän, mutta aina-
kin sain sen sanottua.

-

*"Illalla olin jo laittanut kaiken koulua var-
ten valmiiksi. Minulla oli rutkasti vapaa-ai-
kaa ja käytin sen oikeiden lyriikoiden ko-
koamiseen. Sitten vain suljin silmäni ja pai-
noin lähetä-nappia."*

9

Olin hyvin jännittynyt siinä koulun portilla
seisoskellessani. Tuuli tarttui hiuksiini ja nä-
kökenttäni hämärtyi. Tunsin kyllä Huurteen
tavat, hän saapuisi kouluun varttia vaille yh-
deksän.

Äiti tosiaan oli järjestänyt kuulustelun
kotiin palatessaan. Kuka Huurre oli? Missä
hän asui? Minkä ikäinen hän oli? Seurustel-
tiinko me? Kysymyksien tulva oli loputon,
mutta minä vain hymyilin vaisusti. Huonee-
seen päästyäni tosin sekosin pahasti mutta
positiivisesti. Ja se viesti sai minut sitten ki-
lahtamaan lopullisesti. Rip Saran viimeiset-
kin järjenhiukkaset.

Ihmisiä alkoi valua kohti koulua, mutta
Huurre ei vielä ollut heidän joukossaan. Tar-
kistin viestit vielä kymmenennnen kerran.
Sen iltaisen viestin jälkeen Huurre oli viettä-
nyt hiljaiseloa, mitä en kyllä yhtäkään ih-
mettele. Mikäli häntä yhtään tunnen, sen
viestin lähettäminen oli vaatinut paljon ja

oletettavasti Huurre vain panikoi jossain tuilla ajatellen reaktiotani. Suurena järjen jättiläisenä kun olin vastannut hänen viestiinsä vain **nähdään huomenna**.

Kuten olin muistanutkin, pian Huurre käveli kohti koulua. Juuri ajallaan. Hän käveli hi-taas-ti kuulokkeet korvillaan eikä näyttänyt huomaavan minua. Olin hiukan liian innoissani ja lähdin pinkomaan häntä vastaan.

-

"Saran mystinen vastaus oli saanut minut murehtimaan asioita. Ehkä hän oli tarkoittanut sillä jotain hyvää, mutta tapani mukaan sorruin ylianalysointiin.

Sydämeni jätti yhden lyönnin välistä kun näin hänen kävelevän minua kohti. Hänen ilmettään ei oikein pystynyt tulkitsemaan ja aloin jo pelätä pahinta.

– Huomenta! Mitä tunteja sulla on aamulla?

– Kemia ja historia.

Sara nyökkäsi. Hän oli jäänyt turvallisen välimatkan päähän ja minä vain toivoin hänen tekevän sen kuuluisan ensimmäisen siirron tässä hermoja raastavassa tilanteessa.

– Kuule... Tarkoititko todella sitä mitä sanoit eilen sitaateissasi?

Katsoin poispäin. Tuo äänensävy ei ollut koskaan aiemmin tiennyt mitään hyvää. Mitä hän sanoisi? Tuulia oli vakuuttanut jutun olevan aika selvä, mutta tällä hetkellä se vaikutti kaikkea muuta kuin selvältä. Mumisin myöntävän vastaukseni.

Seuraava muistikuvani on minua halaava Sara.

– Olet suloinen. Silleen hyvällä tavalla ja minäkin pidän sinusta.

Siinä vaiheessa olisin voinut vaikka kuolla. Tämä oli totta. Totta!"

+10

Aluksi kaikki tuntui hämmentävältä. Se että oli joku jolle jakaa kaikki ajatuksensa, oli mahtavaa, mutta hiukan omituistakin kaikkien pahojen aikojen jälkeen. Mutta mitä muutakaan kuin hyvyyttä voi pahuudesta seurata?

Ympäristöltä meni oma aikansa totttua siihen asiaan, että minä ja Huurre todella seurusteltiin. Joku viittasi ikäeroomme, eikö se ollut vähän epäilyttävää koska minä olin niin nuori. Me kuitenkin olimme samalla tasolla henkisesti, joten emme nähneet asiassa mitään pahaa saati sitten epäilyttävää. Perheeni otti Huurteen hyvin vastaan tutustuttuaan häneen paremmin. "Onhan se nyt niin mukavaa kun meidänkin tyttömme on löytänyt noin mukavan kamraadin," näin suoraan isää lainatakseni. Kuulin jälkeenpäin myös Tuulian panoksesta asiassa ja olin hänelle todellla kiitollinen. Ilman kaverini rohkeaa, epäitsekästä toimintaa nyyhkyttäisin varmaan edelleen huoneeni nurkassa.

Tuntuu todella siltä, kuin olisin ollut Huurteen kanssa yhdessä aina. Osasimme sanatta aavistaa toistemme mietteet ja varoimme mainitsemasta niitä kaikista hankalimpia aiheita. Vietin paljon aikaa Huurteen kämpällä ja raahasin puolet levykokoelmastani sinne. Olin onnellinen ja aloimme kummatkin omalta osaltamme eheytyä.

-

"Voinko mä edes kuvailla mitä tämä kaikki minulle merkitsee? En todellakaan, mutta aina voi yrittää.
Tuntuu kuin olisin vapautunut kahleista. Olen luonut oman elämäni, tehnyt omat päätökseni. Olen jotain muutakin kuin se mitä vanhempani tahtovat. Kiusaajani olivat väärässä, olen rakastettu. Herranjestas, minäkin olin väärässä! Enää en ole yksinäinen.
Tämä kaikki alkoi hyvin pienestä. Jos siis pidätte jostakusta, kertokaa se hänelle. Tiedän, että se on hankalaa mutta siitä voi seurata paljon hyvää. Puuttukaa yksinäisyyteen. Uskaltakaa. Kyllä kaikki lutviutuupi, tulevaisuudessa teitä kaduttaa eniten se mitä jätitte sanomatta.
Ja jos tulette torjutuksi, kuunnelkaa The Smiths – You Just Haven't Earned It Yet, Baby. Musiikki auttaa aina."

RISTIRIITA

– Anteeksi, minä en kykene.

Huurteen ääni oli täynnä tuskaa ja hän katsoi minua surullisin silmin. Kyllä minä ymmärsin häntä, mutta ennen kuin ehdin tehdä mitään, hän oli poissa. Jäin yksin istumaan sohvan reunalle ja mietin mikä nyt taas oli mennyt vikaan. Minä todella pidin hänestä, mutta miten voisin auttaa häntä? Usein tuntui siltä ettei pelkkä rakkauteni riittänyt. Huokaisten suorin hiukseni korvan taakse ja lähdin hänen peräänsä.

1

"Kylpyhuoneen seinä oli valkoinen. Tarkemmin ajateltuna kaikki tämän rakennuksen sisäseinät olivat valkoisia, ellei mukaan sitten laskettu sitä seinää, jonka olimme yhdessä päällystäneet valokuvilla, muistoilla ja inspiroivilla asioilla. Mutta kai sekin seinä oli kauniin kerroksen alla valkoinen, valkaistu? Ruma väri, jotenkin tyhjä ja kolkko. Sen sanotaan symboloivan puhtautta, mutta mikä tässä maailmassa olisi enää puhdasta?

– Huurre? Oletko sinä siellä?

Sara koputti oveen huolestuneena ja tyydyin mutisemaan jotain myönteistä. Tiesin hänen olevan huolissaan ja se oli aika ihmeellistä. Harvoin kukaan oli ollut minusta huolissaan ja nyt minulla oli huono omatunto tilanteen takia. Miksi minun piti huolestuttaa hänet jatkuvasti? En vain voinut itselleni mitään.

Oli saapunut kylmä ja kolea marraskuu. Olimme olleet yhdessä yli puoli vuotta ja tavallaan olin onnellinen – onnellisempi kuin koskaan ennen, mutta ongelmiani ei edelleenkään voitu sivuuttaa. Ei pelkkä rakkaus parantanut kaikkea hetkessä. Jotkin asiat olivat todella syvässä.

– Tulisitko pois sieltä? Minua ei haittaa, ei ihan oikeasti haittaa. Ei tämä tilanne muuta tunteitani sinua kohtaan.

Nojasin kylmään seinään ja kuuntelin Saran pehmeää ääntä. Hänen puheensa oli kaunista kuultavaa ja tiesin myös sen, ettei hän puhunut pelkkiä latteuksia. Hän todella tarkoitti sitä mitä sanoi. Kohotin käteni avataakseni oven ja katselin yhtäkkistä päivänvalon tulvaa.

Valon mukana seuraani livahti myös Sara. Hän katsoi minua suurilla silmillään ja istahti viereeni lattialle. Minä käänsin katseeni pois ja halusin vajota maan alle.

– Huurre, puhu minulle.

– Minusta ei ole tähän.

Varovasti Sara tarttui käteeni. – Minä pidän sinusta kävi miten kävi, ymmärrätkö?

– En minä ole sinulle tarpeeksi hyvä. Etsi joku vertaisesi...

Minä aloin oikeasti ahdistua, menneisyyden opit elivät vielä liian vahvoina.

– Sinä et ehkä ole muiden silmissä tarpeeksi hyvä, mutta minulle sinä olet enemmän kuin olen koskaan osannut toivoakaan. Olet minun silmissäni täydellinen nyt ja aina, eikä muulla ole väliä!

Tiesin hänen olevan tosissaan, ja ryhtini lysähti entisestään. Minäkö muka täydellinen? Sara kuitenkin halasi minua lujasti ja jouduin suurella työllä nieleskelemään kyyneleeni. Siinä hän nyt oli, ihan tosissaan.

– Ehkä meidän pitäisi vain kuunnella enemmän musiikkia, totesin.

Saran kasvot kirkastuivat ja hän hypähti ylös. – Totta turiset. Catfish and the Bottlemen auttaa aina, vai mitä? hän naurahti ja auttoi minut jaloilleni.

Ehkä kaikki todella oli hyvin."

2

"Me halailimme toisiamme hyvin paljon ja minusta oli oikeastaan hyvin mukavaa kun Sara oli lähes poikkeuksetta minussa kiinni. Tietystikään emme olleet niin tiiviisti yhdessä koulupäivän aikana, mutta vapaa-ajalla tilanne oli toinen. Oli uskomatonta, että yhtäkkiä pitkän yksinolon jälkeen joku oli lähellä.

Sara oli minua hiukan nuorempi, mutta tiesin hänen seurustelleen aiemminkin. Se suhde ei ollut päättynyt hyvin, mutta hän oli päässyt siitä yli – kuulema minun avullani. Yökyläilimme toistemme luona lähes

*jatkuvasti, Sara oli lähestulkoon muuttanut
pieneen kämppääni. Mutta juttu ei edennyt
pidemmälle.*

*Niin, puhun nyt seksistä. Se tuntuu vää-
rältä, pelkän aiheen mainitseminen henki-
sesti puistattaa. Minulle on aina vähän niin-
kuin opetettu, että seksi on kiellettyä. Siitä
ajatuksesta irtautuminen ei kuitenkaan on-
nistunut kovin hyvin tässä kontekstissa.*

*Minä pidin Sarasta paljon. Hän oli kai-
kinpuolin ihana ja nykyään oma puhelias
oma itsensä, se tyttö johon alunperin ihas-
tuin. Me olimme kuitenkin jo seurustelleet
puolisen vuotta ja vaikka olimme kuin yh-
teen hitsautuneet, ei seksistä ollut puhetta-
kaan. Saran vanhemmat ainakin olisivat ti-
lanteeseen tyytyväisiä jos vain tietäisivät,
Sara itse ei ehkä niinkään. Emme puhuneet
asiasta, minä käänsin vain pääni häveliäästi
muualle silloinkin kun Sara vaihtoi vaat-
teita. Sara oli hyvin ymmärtäväinen, mutta
näin hänen silmistään aina välillä pienen
pettymyksen.*

*Tilanteeseen liittyi suuri ristiriita. Kyllä
minäkin halusin harrastaa seksiä hänen
kanssaan! Fyysisesti olisinkin ollut siihen
valmis, mutta kärsin kai henkisestä impo-
tenssista. Aina kun yritimme mennä pidem-
mälle, tavallaan minä halvaannuin. Minä
olin täysin kauhuissani, ja sitten minä jou-
duin pakenemaan paikalta ja löysin itseni it-
keskelemästä omaa surkeuttani. Tätä oli*

jatkunut jo kuukauden päivät ja pelkäsin kerta toisensa jälkeen, että Sara kyllästyisi minuun. Tavallaan se olisi ymmärrettävää.

Ei hän vielä kuitenkaan ollut minuun kyllästynyt vaan kokkasi meille molemmille iltapalaa. Hän näytti niin hyvältä vanhassa bändipaidassaan! Minä olin nähnyt hänen jalkojensa arvet jo suhteemme alkupuolella, mutta itse pidin edelleen pitkähihaisia. En tiedä mitä hän ajatteli asiasta, toivoin vain että hän luuli minun palelevan herkästi. En minä ollut viillellyt pitkään aikaan, mutta vanhat arvet eivät ottaneet kadotakseen.

Muistin kyllä viime kevään. Saralla oli mennyt huonosti ja minä olin tahtonut leikkiä sankaria. Kai olinkin saanut pelastettua hänet paljolta, tuossa hän nytkin nauroi lautaselle tipahtaneille paprikoille. Roolimme kuitenkin näyttivät vaihtuneen ja minä aloin todella olla se, joka kaipasi pelastusta.

Sara raahasi olohuoneen lattialle kasan juustovoileipiä. Tässä kämpässä ei oltukaan kinkkua syöty sen jälkeen kun olimme ryhtyneet seurustelemaan.

– Olisi tekopyhää syödä lihaa, jos kuitenkin listaa Meat Is Murderin lempialbumeihinsa, hän oli sanonut vakavaan sävyyn.

No, eipä hänen laittamassaan kasvisruuassa mitään vikaa ollut. Itse osasin lähinnä vain keittää nuudelit ja siihen jäikin osaamiseni keittiössä.

*Tänään söimme hiljaisuuden vallitessa.
Sara katseli minua mietteliäänä, muttei kui-
tenkaan kysynyt mitään. Minä kaivoin puhe-
limeni esiin ja laitoin Ok Computerin soi-
maan. Sara hymyili vaisusti musiikkivalin-
nalleni.
– Muistatko kun kysyin mielipidettäsi tästä?
Kyllähän minä muistin. Ne olivat olleet ne
yhdet kotibileet keväällä. Minulle oli annettu
lähes pyhä tehtävä jutella Saralle ja musiik-
kiansan avulla olinkin päässyt hänen juttu-
silleen.
– Toivottavasti tunnelma ei tällä kertaa la-
tistu niin pahasti.
Sara virnisti viittaukselleni siihen iltaan niin
valoisasti, että sisälläni läikähti. Uskoma-
tonta, että olimme päätyneet näinkin pitkälle
vain yhden huomautuksen ansiosta.
Tarjouduin viemään astiat tiskialtaaseen.
Onneksi oli viikonloppu, vielä huomennakin
ehtisi tiskata. Koulujututkin alkoivat ka-
saantua, mutta ehkä niistä selvittäisiin.
Kääntyessäni lähes säikähdin, sillä Sara oli
ilmestynyt oviaukkoon. Minä jähmetyin pai-
koilleni, mutta hän kipitti luokseni ja halasi
minua taas.
– Olet ihana, hän huokaisi ja sulki silmänsä.
– Kuin myös, totesin ja kiersin käsivarteni
hänen hänen vyötärönsä ympärille.”*

3

*"Kello näytti yhdeksää ja olimme käyneet
sammuttamassa valot muista huoneista.
Sara jäi vielä tuijottelemaan valokuvia, kun
minä kaivauduin peiton alle. Pian hän kui-
tenkin saapui luokseni ja asettui viereeni va-
rovaisemmin kuin yleensä. Näin hänen sil-
missään sen saman pohtivan katseen kuin
aiemminkin.
– Haluatko keskustella asiasta? hän kysyi ja
tiesin kyllä mistä hän puhui.
– En tiedä kykenenkö edes siihen.
Sara sulki suunsa ja katsoi minua hyvin
pitkään. Niin mihin en kyennyt; puhumiseen
vai seksiin? Minua alkoi taas ahdistaa, ei-
hän asioiden näin pitänyt mennä!
– Anteeksi että olen tällainen. On kuin pääs-
säni olisi jokin suuri esto asian suhteen.
Minä...
– Ole hiljaa, Sara suhahti. – En tahdo kuun-
nella anteeksipyyntöjäsi, tahdon vain tietää
voinko auttaa sinua jotenkin!
– En tiedä. Mutta tahdon sinun tietävän, että
haluan sinut, haluan sinua. Jokin tässä nyt
vain mättää. Epäilyttää. En tiedä voinko
katsoa kotiporukoitas silmiin jos...
– Tahdotko kuulla totuuden? Kotiporu-
koideni osalta mikään ei muuttuisi, he ajat-
televat että olemme jo niin pitkällä. Isä mei-
nasi jo alkaa pitämään sinulle jonkinlaista
puhetta asiasta, mutta minä estin.
Hengähdin ihmeissäni. Oliko se muka niin
arkipäiväistä?*

– Ja muut, mitä heistä? He eivät kuitenkaan arvosta, mutta sepä on heidän häpeänsä.

– Onko se todella noin yksinkertaista?

– On.

Yllätyin siitä, miten paljon pelkkä puhuminen oli auttanut. Helpotuksen kyynel vierähti poskelleni ja vedin Saran tiukemmin lähelleni kuunnellen hänen puhettaan.

– Minä näin eilen unta entisestä poikaystävästäni. Meillä oli oma maailmamme ja olin masentunut hänen kuolemansa jälkeen, olenhan minä kertonut sinulle tästä. Jos sinä et tehnyt aloitetta niin en minäkään, koska olen pelännyt sekoittavani sinut muistoihin hänestä. Anteeksi. Mutta nyt minä olen päässyt yli hänestä, se uni oli viimeinen pisara. Sinut minä haluan, hän ei enää kummittele mielessäni!

Tarina järkytti minua ensin, mutta lopulta hymyilin. Kyllähän minä tiesin mitä se tyyppi oli Saralle merkinnyt. Hän oli kuitenkin päässyt hankalista muistoistaan yli, ehkä minunkin pitäisi.

Kuin yhteisestä sopimuksesta hän tarttui käteeni ja johdatti sen yöpaitansa alle. Hänen pehmeä ihonsa hohkasi lämpöä ja olisin voinut purskahtaa itkuun vaikka heti. Itkeminen ei tosin liene kovin miehekäs suhtautumistapa asioihin, mutta Sara olisi monien itkujen arvoinen. Hän huokaisi tyytyväisenä. Vedin käteni pois.

– Mitä sinä nyt? Sara havahtui ja näin hänen kysyvän ilmeensä hämärässäkin.

– Mennään kylpyhuoneen, ehdotin.

– Miksi?

– Totuus ja rituaalinen puhdistautuminen menneistä?

Sara ei kysellyt sen enempää. Hiippailimme molemmat läpi pimeiden huoneiden.

Keinovalo räpsähti päälle hämmentävän kirkkaana. Sara silitti pörröisiä hiuksiani ja hymyili minulle. Minä katselin hänen jalkojensa arpia hetken ja vedin sitten paidan pois päältäni. Suljin silmäni ollakseni näkemättä hänen reaktiotaan, mutta kuulin silti huokaisun.

– Voi Huurre...

Saran äänestä kaikui monia asioita ja hän astui aivan viereeni. Hänen kuljettaessa sormiaan paljailla käsivarsillani kylmät väreet kulkivat ihollani.

– Mikset sinä koskaan kertonut? Olisin osannut varoa.

Kohautin olkiani. Huomasin hänen kyyneleensä, kun hän tutkaili arpiani.

– Oikeasti. On mahtanut sattua kun minä olen vain roikkunut käsipuolessasi.

– Ne ovat vanhoja, kaikki on nyt ihan hyvin.

Ehkä kaikki on hyvin, kuiskasin ja Sara painautui minua vasten. Hän oli siinä lähellä ja tiesi nyt tämänkin. Kaikki oli hyvin.

– Ehkä meidän todellakin pitää puhdistautua menneistä, hän totesi rauhallisesti ja käänsi yllämme olevan vesihanan päälle."

4

"Tavallaan minun olisi jo pitänyt osata varautua näihin asioihin. Onnistuneiden aikojen jälkeen tuppaa aina ilmestymään ongelmia. Minä olin laittanut kahvin kiehumaan ja Sara tiskasi parhaillaan astioita. Onneksi meillä kummallakin oli ihan säälliset päivävaatteet yllä kun ovikello soi! Vilkaisimme toisiamme kummastuneina ja menin sitten avaamaan. Ei olisi pitänyt, sillä näin oli käynyt ennenkin.

Tilanne oli kuin uusinta puolen vuoden takaisesta. Se oli Elisa oveni takana ja minä jähmetyin.

– Eikö enää sisälle pääse? äiti murahti ja mittaili minua teräksisellä katseellaan.

– Huurre? Mitä siellä tapahtuu?

Kuulin Saran äänen ja lähenevät askeleet. Elisan silmät rävähtivät ammolleen ja minä vain seisoin siinä keskellä kaikkea täysin kangistuneena.

– Mitä tuollainen tytönhupakko tekee täällä tähän aikaan? Elisa lähes kiljaisi.

Minua alkoi pyörryttää ja tiesin punastuneeni. Äiti astui eteeni ja osoitti minua syyttävällä sormellaan. Hänen sanansa vyöryivät yli tajuntani kuin loppumaton ukkospilvi.

Sara veti minut kauemmaksi ovesta ja
työntyi itse eteeni. Minä en osannut oikein
ajatella mitään, olin vain kivettynyt siihen ja
seurasin sivusta kun Sara toivotti äidilleni
hyvät päivänjatkot ja sitten tyynen rauhalli-
sesti työnsi hänet ulos, loksauttaen vielä
ovenkin lukkoon.
   Havahduin vasta, kun Sara tarttui kä-
teeni ja silloin muuten hajosin. Juoksin kyl-
pyhuoneeseen ja läiskäytin oven kiinni van-
han epätoivon, kauhun, hiipiessä seuraani.
Kuulin kuinka Elisa koputti ulko-oveen yhä
uudelleen, ja todellisuus alkoi sumentua.
Hänen katseensa kaikui päässäni. "

-

Ajattelin antaa Huurteelle hetken aikaa rau-
hoittua ja tarkkailin samalla hänen äitiään
ikkunasta. Mikä hirveä ihminen tuo nainen
olikaan! Hyvin arkipäiväisen näköinen,
mutta kuitenkin heti tilaisuuden tullen tuo-
miopäivää uhkuva raivotar! Vihdoin näin
hänen marssivan autoonsa ja lähdin rauhoit-
telemaan Huurretta. Tämä tapahtuma ei ollut
osunut mitenkään erityisen hyvään ajankoh-
taan Huurteen herkkyyttä ajatellen.
   Koputin kylpyhuoneen oveen rauhalli-
sesti ja huhuilin poikaa. Kun vastausta ei
kuulunut niin työnsin oven auki, mutten to-
dellakaan ollut valmis kohtaamaan minua
odottavaa näkyä. Huurre oli siellä, verilam-
mikon keskellä! Olisin itse tahtonut pyörtyä

siihen paikkaan, mutta yritin toimia järke-
västi. Huurre oli (vielä) hengissään ja tajuis-
saan, muttei silti ihan läsnä. Tyrkkäsin latti-
alla lojuvan terän kauemmaksi ja nappasin
pyykkikorista huivini. Vasemmasta ran-
teesta pulppusi verta jatkuvalla syötöllä ja
minä olin varmaan tukehtua omaan itkuuni
ja kauhuuni. Käsi ylös, kiristysside, huivi
ympärille...

– Huurre, kuuletko sinä minua? Täytyy var-
maan soittaa ambulanssi.

– Äi-ti.

– Meni jo, mutta nyt meidän täytyy hom-
mata sulle apua.

– Sun äiti.

Kyllä, miksen ollut tätä heti hoksannut!
Äitini oli lääkäri, minä voisin soittaa hä-
nelle!

– Älä nyt vaan kuole siihen, kuiskasin veri-
lammikossa makaavalle poikaystävälleni ja
yritin samalla hapuilla puhelintani.

Äiti katsoi minuun vakavin silmin selittä-
essään miten minun pitäisi toimia jatkossa.
Huurre makasi sohvalla lääkittynä ja paikat-
tuna, onneksi sentään hengissä. Olin jo kuu-
rannut lattian ja nyt jouduin vastailemaan äi-
din vaivaannuttaviin kysymyksiin. Äiti
nyökkäili järkyttyneenä miettien varmaan
millaiseen seuraan hänen pikkuinen tyttönsä
olikaan joutunut. Pystyin lähes kuulemaan
hänen aivojensa raksutuksen.

– Minun täytyy nyt palata kotiin, mutta soita heti jos tilanne äityy pahaksi. Voin ilmoittaa luokanvalvojallesi ettet tule huomenna tunneille.

– Kiitos äiti.

– Tästä puhutaan vielä, hän sanoi halatessaan minua ennen kuin sulki oven.

Niin, tästä puhuttaisiin vielä oikein pitkään ja hartaasti.

5

"Tiesin tehneeni typerästi. Voi että häpesin tekoani! Minä en kuitenkaan ollut voinut itselleni mitään, olin ollut niin sekavassa tilassa ja vanhojen traumojeni parissa. Eniten kuitenkin satutti nähdä Saran itkusta punertavat silmät. Häneltä oli jo yksi poikaystävä heittänyt henkensä, ja nyt minä olin mennyt mokaamaan pahan kerran.

– Siitä jää vain arpi, Sara totesi hiukan rauhattomasti.

– Sinullekin?

Hän nyökkäsi pienesti ja sydämeni oli murtua.

Kumpikaan meistä ei mennyt sinä viikkona kouluun ja aika tuntui pysähtyneen. Sara piti minuun etäisyyttä ja käteeni kirveli. En kuitenkaan jaksanut tilanteen painostavuutta loputtomiin, vaan minun oli urheana poikana otettava asia esille.

– Oletko sinä vihainen?

– Kyllä! Olen vihainen! Hyvin vihainen! Sinullekin, mutta ennen kaikkea äidillesi! Kaikki oli alkanut sujua juuri kun se korppikotka päätti sotkeutua! Minä olisin voinut menettää sinut!

Sara huusi ja meuhkasi aikansa, kunnes lysähti syliini itkemään.

– Anteeksi, kuiskasin hänen hiuksiinsa. Hän ei sanonut mitään, mutta tiesin asian olevan näiltä osin selvä.

Lähennyin Saran vanhempien kanssa tämän tapauksen jälkeen. He eivät olleet tietoisia esimerkiksi Saran aiemmasta itsetuhoisuudesta, mutta tässä asiassa luotimme heihin. Hänen lääkäriäitinsä tiesi jutun taustat ja otti tehtäväkseen etsiä minulle tukea muualtakin. Ei kukaan meistä unohtaisi tapahtunutta, mutta ainakin oltiin parempaan suuntaan menossa.

Kolmantena maanantaina postilaatikosta löytyi kirje. Harmaassa kirjekuoressa oli minun nimeni siistillä käsialalla kirjoitettuna. Sara oli vielä koulussa kun avasin sen. Helmin käsialan tunnistin helposti, mutta mitä ihmettä siskoni minulle kirjoitti? Emme olleet olleet yhteyksissä vuoden päiviin.

Tervehdys veljeni! Äiti kävi luonasi pari viikkoa sitten, mutta ilmeisesti vierailu ei sujunut aivan kuten olimme suunnitelleet. Ymmärrän kyllä, jos tahdot muodostaa

oman elämäsi, mutta mielestäni suvun hyl-
kääminen on hiukan liioiteltua. Tarkoituk-
seni ei nyt ole kuitenkaan moralisoida valin-
tojasi vaan kertoa tärkeitä uutisia.
Johannes-isämme on sairaana. Hän oli var-
sin heikossa kunnossa sillon kun äiti yritti
kertoa tätä sinulle, mutta nyt hänen tilansa
on heikontunut entisestään. Olemme kuul-
leet tekemisistäsi ja suren puolestasi, mutta
koin asiakseni kertoa sinulle tästä. Äiti on
sinulle vihainen eikä tahdo kertoa isälle mi-
tään, mutta tekisit nyt palveluksen kaikille
jos tulisit käymään kotona. Tulethan siis ta-
paamaan meitä ja olet aiheuttamatta lisää
mielipahaa! / Surullisin terveisin, Helmi ja
muu perhe.

*Toisaalta halusin vain nauraa makeasti
koko kirjeelle. Helmi syyllisti minua, vaikka
minähän se uhri tässä olin! Ja hän ilmaisi
aivan selkeästi heidän toiveensa minun pa-
luustani, he vain odottivat että murtuisin ja
palaisin heidän luokseen. Siihen vanki-
laanko? En varmasti! Sujautin kirjeen takai-
sin kuoreen ja yritin jatkaa kouluhommiani.
En tahtonut ajatella tätä kieroa vitsiä ollen-
kaan ennen kuin Sara olisi luonani.*
*Kun ovi vihdoin kävi ja kuulin hänen
huikkaavan tervehdyksen, sydämeni läikähti.
Sieltä hän saapui taas, minun luokseni. Kuin
ihmettä oli kaikki!*
– Hei onko kaikki hyvin? Miten päivä meni?

Minä vain ojensin hänelle kirjeen ja odotin. Hänen ilmeensä vaihtui hämmentyneestä vihaiseksi lukemisen edetessä ja minä tavoittelin hänen kättään. Omiaan mutisten hän istui syliini.

– Tämähän on jo röyhkeää! hän puuskahti lopulta.

Minä en edelleenkään tahtonut ajatella asiaa todellisena, hengitin vain Saran tuoksua.

– Haluatko mennä sinne? hän kysyi.

– Tuskin kykenen.

– Sittenhän voimme unohtaa koko asian, Sara totesi ja taitteli kirjeestä lennokin.*"

6

"– Kuule, ehkä meidän pitäisi sittenkin mennä.

Pärskähdin yllättyneenä. Kirje oli löytänyt tiensä roskikseen jo pari päivää sitten, emmekä olleet puhuneet siitä sen jälkeen.

– Jos pystyt, niin voisimme näyttää heille. Pitäisikö käyttäytyä heidän käytössääntöjensä mukaisesti vai ollaanko ihan vain omia itsejämme? Sara pohdiskeli samalla kun hiveli selkääni. – Se oli vaikuttavaa jos näyttäytyisimme heille ja näyttäisimme siinä samalla onnemme. Tiedän, että tämä on huono idea, mutta niin...

– Ainakin sinulla on draaman tajua, naurahdin hermostuneena.

Kyllä minä tiesin mitä hän ajoi takaa, mutta en tiennyt pystyisinkö siihen. Jos pelkkä äidin näkeminenkin oli saanut sellaista tuhoa aikaan, niin mikä mahtaisi olla koko perheen vaikutus?

Sara naurahti ja kietoi kätensä ympärilleni.

– Kuulostanko minä nyt ärsyttävältä kun toistelen tätä jatkuvasti? Huurre, minä rakastan sinua! Sanat eivät riitä kuvaamaan kuinka paljon...

– Mutta ehkä teot riittävät. Sinä olet minun kanssani edelleen, vaikka olen näin kamala.

Sara katsoi minua kulmat kurtussa ja hänen leikkimielinen mökötyksensä alkoi naurattaa minua.

– Älä puhu pahaa tyylikkäistä tyypeistä, hän muistutti.

Aika hänen seurassaan oli kuin hyvää unta!"

-

Olimme päättäneet valita kultaisen keskitien. Olisimme omat itsemme, mutta heitä kunnioittaen. Ja tietenkin sillä oletuksella liikkuen, että hekin hallitsivat kohteliaan käytöksen! Minä olin jopa lähettänyt sille Helmille kirjeen, jossa kerroin tulostamme ja Huurteen mahdollisista ongelmista heidän kanssaan.

Ja pitihän sitä sitten hienoksikin laittautua! Ihan juhlakamppeissa ei toki oltu, mutta kuitenkin siisteissä. Huurre oli jopa leikkauttanut hiuksensa arkisen lyhyeksi; mikä menetys minulle ja koko ihmiskunnalle! Pörheys oli poistunut ja esteettistä sydäntäni kylmäsi.

– Jos alkaa mennä huonosti niin muista tarttua käteeni. Pysyn ihan koko ajan vieressä ja voimme olla kohteliaan etäisyyden mestareita, kuiskasin vielä hermostuneelle Huurteelle.

Huurre nyökkäsi ja sitten olimme valmiit tähän koitokseen.

Äiti oli lupautunut kuskaamaan meitä vapaapäivänään, mikä olikin hyvä sillä muuten koko vierailu olisi ollut mahdoton. Tilanteen taustat tuntevana hän voisi myös tarpeen tullen pelastaa meidät.

Minä ja Huurre istuimme takapenkillä enkä minä voinut katsoa muualle kuin hänen. Ilman hienoja hiuksiakin minä olin valmis kuolemaan joka kerta kun näin hänet! Huurre, niin täydellinen Huurre! Tiesinhän minä, että muut vain nauroivat hänelle – ja minulle – pilkallisesti, mutta minä pidin häntä upeana ihmisenä. Tietysti hänessä oli "virheitä", mutta niiden kanssa pystyi elämään kun ihmisiähän tässä vain oltiin, ja oikeastaan juuri epätäydellisyys teki hänestä täydellisen. Olipas monimutkaista ajattelua, mutta niin se vain sattui menemään. Enkä minä voinut lakata hymyilemästä, sillä tiesin hänen ajattelevan minusta samoin! Olin niin kiitollinen tästä kaikesta, ongelmistakin.

Auton pysähtyessä jouduin toteamaan meidän olevan hyvinkin lähellä ongelmaamme. Olimme saapuneet ison, hiukan ränsistyneen vanhan omakotitalon kohdalle.

– Minä jään autoon odottamaan! Onnea matkaan!

Huurre kiitti äitiäni ja niin astuimme ulos. Marraskuinen ilma ei tehnyt erityisen hyvää mielialalleni, varsinkaan tällaisella paikalla. Olisin tahtonut olla Huurteen tukena jotenkin enemmän, mutta tiesin ettei se sopinut tänään muuten kuin hätätilanteissa.

Huurteella taisi olla paljon muistoja tästä paikasta, ja ne muistot tuskin olivat kovin hyviä. Urhoollisesti hän kuitenkin koputti ulko-oveen ja ihailin sekä rakastin häntä hetki hetkeltä yhä enemmän. Oven tuli avaamaan arviolta parikymppinen nainen, joka tervehti Huurretta veljenään sanomatta minulle mitään. Tässäkö oli se Helmi?

Hymyilin hänelle ilman minkäänlaista vastareaktiota. Omituista sakkia! Meidät johdatettiin vähin äänin olohuoneeseen, johon Johanneksen sairasvuode oli sijattu. Talossa oli ihmeellisen vähän porukkaa Huurteen suurta sisarusparvea ajatellen. Missä he olivat, piilossako?

Olohuoneessa sentään olivat Elisa ja Johannes, Huurteen vanhemmat. Kuulin pikaisen hengenvedon ja niin Elisan kylmät silmät mittailivat minua jälleen.

– Terve, Huurre sanoi jähmettyen keskelle
lattiaa. – Tässä on tyttöystäväni Sara.
Tällä kertaa Elisa vetäisi henkeä sellaisella
tarmolla että pelkäsin jo pahinta, mutta juuri
silloin Johannes puuttui puheeseen.
– Päivää teille. Mitenkäs on uudessa kou-
lussa mennyt?

Huurteen isä näytti varsin pieneltä ja kärsi-
vältä. Tavallaan minä säälinkin häntä,
vaikka tiesin hänen olleen aikoinaan varsin
pelottavakin hahmo. Mutta nyt hän oli laiha
kuin mikä ja puhui rahisevalla äänellä!
Huurre alkoi varovasti kertoa hiukan si-
loteltuja kuulumisiaan, ja minä hymyilin sii-
vosti hänen takanaan. Elisa katsoi vuoroin
miestä ja poikaansa varsin närkästyneen
oloisena.
– Ja milloinkas te olette kihloihin menossa?
hän kysyi lopulta pisteliäästi minuun kat-
soen.
Minä ja Huurre vilkaisimme toisiamme
hämmentyneen hiljaisuuden vallitessa ennen
kuin Johannes alkoi kähistä.
– Älä sinä tuollaisia utele kun ovat asiat kes-
ken! En minä poikaa tänne turhaan pyytä-
nyt!
Elisa napsautti suunsa kiinni ja alkoi kat-
sella ikkulaudalla kasvavia kukkia. Ihmeel-
listä, että joku osasi hiljentää tuollaisenkin
raivottaren!

– Oliko sinulle jotain erityistä asiaa, ..isä?
Huurre takelteli.

Johannes nyökytteli ja valmistautui puhumaan.

– Minulla on syöpä ja kuolen siihen lähiaikoina. Niin, totta se on ja väistämätöntä, älkää siis näyttäkö noin kauhistuneilta. Parin kuukauden aikana minulla on ollut aikaa ajatella, ja olen ajatellut myös sinua Huurre. Sinä olet ainoa joka jätti meidät, mutta sinulla oli varmasti lähtöösi hyvä syy. Taisi se olla meidänkin elämämme, mutta tehtyä ei saa tekemättömäksi.. Niin, kyllähän minä näen teidän kiintymyksenne ja minulla ei ole aikomusta puutua siihen. Sinä olet aloittanut oman elämäsi ja selvinnyt siitä. Tietysti olisin toivonut sinulle jotakin muuta, mutta oma valintasi oli sinulle paras. Minä kuolen pian ja halusin kertoa sinulle, että hyväksyn valintasi.

– Kadotustahan tämä on! Elisa huudahti, mutta Johannes huitasi kädellään hiljaisuuden merkiksi. Huurre katsoi minua silmät suurina.

– Minä teen kuolemaa, Johannes totesi. – Ja toivon että kuolemani jälkeen jatkat elämääsi siitä mihin jäit, poikani. Kun sitten täytät kahdeksantoista, lupaan ettei kukaan tästä perheestä tule huutelemaan perääsi ellet niin halua. Elä oma elämäsi omine valintoinesi...

-

"Uutinen oli uskomaton. Muistan varmaan ikuisesti kuinka kävelimme autolle sisäisesti kohmeessa, eihän tilannetta heti tajunnut. Mutta Saran äiti taisi saada sätkyn, kun Sara sitten vihdoin purskahti hysteeriseen nauruun ja me molemmat tärisimme. Me olimme voittaneet, minä olin vapaa! Se oli dramaattisen suudelman paikka se.

Eiväthän asiat heti hyviksi muuttuneet, mutta olimme sentään parempaan suuntaan menossa. Ja minulle oli kuitenkin annettu mahdollisuus, vapaus valita! Minä saisin unohtaa kaiken! Tietenkään en pystyisi siihen täysin, jotkin vanhat asiat ja muistot ahdistaisivat varmaaan ikuisesti. Mutta hiljaa hyvä tulee, niinhän sitä sanotaan. Omituista ajatella, että äiti ei tulisi enää koskaan esittämään ahdistavia syytöksiään!

Tiesin kyllä, ettei äiti ollut ilahtunut isän ideasta. Isä oli tahtonut vielä nähdä minut, kadotetun lampaan, mutta äiti olisi pärjännyt ilmankin. Kuitenkaan kuoleman miehen toivetta ei kukaan hennonut jättää toteuttamatta. Muut sisarukseni oli sentään ajettu pois silmistä visiittini ajaksi, varmasti äiti oli halunnut suojella heitä pahoilta vaikutteilta. Isäni kuolee pian, enkä osaa surra asiaa.   Tavallaan olen jo etäytynyt heistä, hyviä muistoja on vain haaleina kuvina. Ja ei kuolleistahan ei ole sitten tapana puhua pahaa!

*Sara oli kuitenkin vierelläni sulostutta-
massa elämääni. Vaikka kuinka pidimme
toisistamme, tiesimme kummatkin ettei tämä
olisi ikuista ja ihan hyvä niin. Ehkä voin
vielä oppia luottamaan muihinkin ihmisiin,
mutta vielä ei ole sen aika. Nyt kaikki on hy-
vin, nyt hän tanssahtelee luokseni ja minä
vedän hänet peiton alle. Siihen pahaan alku-
tilanteeseen ei ole palaamista, ja tämä on
ilahduttava tieto.*
– Ehkä minä kykenen.
– Me kykenemme!
Laittakaa The Smiths soimaan."

@ sara. kiitos kun olit niin kapeakatseisen naiivi että vieläkin hävettää.

@ viola, kiitos vuosien takaisista kuulumi-sista & keskusteluista.

@ ronja! kiitti kun annat mun nolata itseni auttamatta edes kieliasun korjauksessa.

@ lempipojat; kiitos kaikesta korvaamatto-masta koulutuksesta, rakkaudesta & solidaa-risuudesta & murha-assistenttina olosta. niin, ja paremmasta musiikkimausta kuin näillä onnettomilla hipstereillä.

@ tuttavat? ei tunneta. ei me enää tunneta.

-Äh. Mietin että voitko sä ymmärtää miltä musta tuntuu kun mä meen kauppaan ja nään siellä hyllyssä ne kirjat. Ne kirjat jotka kertoo minustakin, silloin ennen.

-Hei, ajattele sitä silleen että kukaan ei osaa yhdistää sua siihen kuvitelmaan. Ei kukaan. Sitä henkilöä joka olit silloin ei enää vain ole.

-Muualla kuin Saran mielessä!

-Muutama mieli sinnetänne. Tässä sä nyt oot, ei sulla tartte olla menneisyyttä jos et halua ajatella sitä.

-Tavallaan mä haluan.

-Anna mennä sit vaan, kerro mulle jotain.

-Ootsä lukenu niitä?

-Ei oo ihan mun juttu. Pitäiskö? Ei, kerro mieluummin oma versiosi.

-Toivo saatana kun mun sisälmykset repeää. Mä en koskaan voi enää nähdä Saraa. Mä en oikeastaan edes tykkää siitä enää. Ei se aina-kaan vois koskaan tykätä musta enää.

-Ootko varma?

-Seurustelisitko ite pojan kanssa?

-Auts. Ei kykene. Ei tämä hetero kykene. Niinpä. Ei se toinenkaan hetero kykenis ole-maan mun kanssa. Silmät sivuuttais.

-Hei, kyllä mäkin osaan antaa arvoa vastak-kaisen sukupuolen hyville ominaisuuksille vaikken niiden perään kuolaakaan.

-Joo mutta Sara on sara. Kaikista pahinta on se että se on olevinaan niin liberaali ja

liittolainen ja kaikkee, samalla kun on hukkumassa omaan sokeaan heterouteensa.
-Katiii. Miks sä ees vatvot näitä juttuja enää?
-Mietin et toisaalta haluaisin käydä sanoo sille jotain. Karmiva ajatus mutta kuitenkin.. Sara on se syy miks tajusin asioita. Tai enhän mä mitään ei vielä tajunnu kun en halunnu tajuta, mutta u know. Sara oli alkusysäys. Oonks mä kertonu siitä yhestä kerrasta kun yritin heittää henkeni.
-Et, mutta anna mennä vaan.
-No. Äh, se on siinä yhessä helvetin hirveessä novellissa. Tiiätkö, musta tuntuu et se julkas sen vähän katkerana eron jälkeen mutta... En mä silloin vielä tajunnu, mutta kävin tosi lähellä kun äiti tuli ja alko huutamaan saralle. Kaikkee pahaa. Mä olin siinä vaiheessa jotenkin eläny saran kautta, kun ne syytökset alko mä mietin miten paljon äiti vihas saraa ja sitä kautta mua, koska... öh. Tosi tyhmää mutta musta tuntu kuin mä oisin ollut sara. Ja sitku mä muistin etten ookaan niin aijai.
-Sori mut toi on jotenkin hirveen sulosta. Ei pitäs sanoo näin mutta on se. Mua alkaa hymyilyttää kun mä ajattelen et sä elit jotain haamuelämää ja suurin silmin vaan fantasioit sarasta muttet varmaan sillä tavalla mitä se ois halunnu.
-Sulosta tai ei, se sattu. Tai ehkei sattunu mutku mä vaan olin niin hämmentynyt. Tai

oikeastaan musta tuntuu etten mä oikeasti ollu edes hämmentyny, mä täsmälleen tiesin mitä oli menossa mutta halusin juosta siltä pakoon.

-Niinpä. Mikä siinä on ettei sitä tahdo hyväksyä? Mullaki meni vuosia.

-Mut sä sentään saavutit sen havainnon ennen ku hylkäsit sen yhä uudelleen? Kun mä olin vaan silleen "jokin pielessä, jokin pielessä, mitä vittua jokin on pielessä" tyyliin ikuisesti kunnes mä sit törmäsin Lauraan.

-Pyhitetty olkoon hän. Ei mut oikeesti, saako susta vielä yksityiskohtia irti?

-Ainahan juu. Kas kummaa kun sara ei kirjoittanu koskaan siitä miten se lakkas mun kynsiä tai meikkas. Sen mielestä se ois kyllä ollu vekkulin sukupuolineutraalia ja viehättävää, miehet mekoissa nimittäin. Sen takia, tai niinku kaiken takia, mä en sit koskaan voinu sanoa mitään muuta ku että eiköhän tää suhde nyt ollu tässä. Kaikki muu ois sattunu liikaa.

-Ootko ihan varma? Maalaileeko mieles vaan piruja seinille?

-Sataprosenttisen varma. Sara vois tyyliin omata yhden kaukaisen trans-kaverin koska se tekis hyvää sen suvaitsevaiselle imagolle, mutta poikaystävän paljastautumista tyttöystäväksi se ei ois jaksanu. Ja ties mitä paskaa se ois voinu sit alkaa kirjoittaa suuressa närkästymisessään.

-No sittenhän kaikki meni loppuviimein
ihan hyvin?
-Silti kaihertaa. Ihan kaikki kaihertaa. Lai-
naa nyt niitä tupakoita.
-Mä en polta.
-Mutta sulla on kuitenkin aski taskussa.
-Säkään et polta.
-Poltan kohta tän talon. Kiitos.
-Polttasit mieluummin ne kirjat. Tai haastai-
sit Saran oikeuteen, ajatteleppa sitä.
-Millä rahoilla? Kaikki menee hormoneihin
ja asuntoon.
-Muuta mun luo.
-Kulta-rakas kun me ei seurustella.
-Ei niin. Mutta et tykkää sun kämppiksistä
kuitenkaan.
-Toi on totta mutta en tykkäis sustakaan
24/7.
-Ajattele lesboja. Niitä juoksee mun käm-
pässä jatkuvasti.
-Miks ne sun perässä juoksee? En halua tör-
mätä niihin jos ne vieläkin sun perässä juok-
see.
-Ne on vanhoja kavereita eikä mitään nykyi-
syyden heiloja. Kaikki kunnossa, alkaisit
juosta heidän kanssaan.
-Emmä tiedä. En varmaan oo valmis vielä.
-Anna jämät. Joo, mulla on se koko aski
tässä mutta ollaanpa nyt taloudellisia. Ja sä
voisit kuitenkin miettiä sitä asuntojuttua.
-Ei varmaan tulis yhtään halvemmaks jakaa
vuokraa meidän väliltä ku tossa nykysessä.

Ja emmä usko sellaseen kuplautumiseen, tottukoot kämppikseni todelliseen elämään tai lähtekööt itse lätkimään josseivät mun naamaa kestä.

-Ei sun tartteis maksaa vuokraa..

-Ei helvetti. Yritätkö tosissas iskeä mua?

-Yrittänyttä ei laiteta, Kati.

-Hmm joo niin ei, mutta Toivo-kulta. Ei me jotenkin vaan natsata.

-Joo mä tiedän että tykkäät enemmän tytöistä.

-Ja sä et ole tyttö. Äläkä yritäkään olla, mun vuokseni ainakaan. Ei se siitä kiikasta, vaan siitä että mä en tiedä miten tää juttu oikein edes toimis.

-Aika hyvinkin? Hei. Ajattele nyt miten goals oltais.

-Väligoals vaan. Sori. Musta tuntuu et mä odottelen jotain muuta. En oikein tiedä mitä tai ketä mutta kuitenkin. Otan panostuksesi kuitenkin kiitollisena huomioon.

-Hohhoijaa. Mä taidan olla yks iso lesbomagneetti. Aina ja ikuisesti.

-...kerro toki lisää.

-I diagnose you with gay.

-Älä. Ei mutkisteta tätä entisestään.

-Joku toinen kerta sitten. Sä saat tän askin.

Taivasharha tarjoilee totuuden toisenkin puolen, sitten joskus. Sitä odottaessa palautteen voi naputella osoitteeseen kh.kokkone@gmail.com